TRANZLATY

La Langue est pour tout le Monde

A linguagem é para todos

La Métamorphose

A Metamorfose

Franz Kafka

Français
Português do Brasil

www.tranzlaty.com

Première partie
Parte Um

Gregor Samsa se réveilla un matin après des rêves agités.
Gregor Samsa acordou certa manhã de sonhos perturbadores.
Il se retrouva dans son lit, incapable de bouger.
Ele se viu em sua cama, mas incapaz de se mover.
Il avait été transformé en un monstre vermineux.
Ele havia se transformado em uma criatura monstruosa.
Il était allongé sur le dos, une carapace dure comme une armure.
Ele estava deitado de costas, que estavam duras como uma armadura.
En relevant légèrement la tête, il pouvait voir son ventre.
Ao levantar um pouco a cabeça, ele conseguiu ver a própria barriga.
Mais son ventre était bombé et divisé en segments.
Mas sua barriga era abaulada e dividida em segmentos.
La couverture reposait sur son ventre arrondi.
O cobertor estava sobre sua barriga arredondada.
Mais la couverture était sur le point de glisser complètement.
Mas o cobertor estava quase escorregando completamente.
Ses jambes étaient pitoyables comparées à leur taille habituelle.
Suas pernas eram lamentáveis em comparação com seu tamanho normal.
Et ses nombreuses pattes s'agitaient impuissantes devant ses yeux.
E suas muitas pernas se agitaram impotentes diante de seus olhos.
« Que m'est-il arrivé ? » se demanda-t-il.
"O que aconteceu comigo?", pensou ele.
Mais ce n'était pas un rêve dont il ne pouvait se réveiller.
Mas não era um sonho do qual ele não conseguisse acordar.
Il se trouvait bel et bien dans sa propre chambre.
Ele realmente se viu em seu próprio quarto.

Une vraie chambre pour des humains, mais un peu trop petite.
Um quarto de verdade para humanos, mas um pouco pequeno demais.
Il gisait tranquillement entre les quatre murs bien connus.
Ele jazia em silêncio entre as quatro paredes tão conhecidas.
Sur la table se trouvait une collection d'échantillons de textiles.
Sobre a mesa havia uma coleção de amostras de tecido.
Samsa était un vendeur ambulant, d'où les échantillons.
Samsa era um caixeiro-viajante, daí as amostras.
Au-dessus des échantillons de textile désassemblés se trouvait une image.
Acima das amostras têxteis desmontadas havia uma fotografia.
Il avait récemment découpé la photo dans un magazine.
Ele havia recortado a imagem de uma revista recentemente.
Il avait placé le tableau dans un joli cadre doré.
Ele havia colocado o quadro em uma moldura bonita e dourada.
Le tableau encadré représentait une dame assise bien droite.
A imagem emoldurada retratava uma senhora sentada ereta.
Elle portait un chapeau de fourrure et un manchon de fourrure.
Ela usava um chapéu de pele e um manguito de pele.
Elle levait la main en direction du spectateur.
Ela estava levantando a mão em direção ao espectador da foto.
Son avant-bras entier disparaissait dans son épais manchon de fourrure.
Seu antebraço inteiro desapareceu em seu grosso manguito de pele.
Gregor regarda par la fenêtre le temps maussade.
Gregor olhou pela janela para o tempo nublado.
On pouvait entendre les grosses gouttes de pluie frapper la fenêtre.
Era possível ouvir as gotas de chuva pesadas batendo na janela.

Le temps gris le rendait très mélancolique.

O tempo cinzento o deixou muito melancólico.

« Et si je dormais un peu plus longtemps ? » pensa-t-il.

"Que tal eu dormir mais um pouco?", pensou ele.

« Dormir davantage m'aiderait peut-être à oublier ces bêtises. »

"Dormir mais talvez me ajude a esquecer essa bobagem."

Mais dormir plus longtemps était totalement impossible.

Mas dormir por mais tempo era completamente inviável.

Parce qu'il avait l'habitude de dormir sur le côté droit.

Porque ele estava acostumado a dormir do lado direito.

Mais son état actuel l'empêchait d'effectuer ses mouvements habituels.

Mas seu estado atual o impedia de realizar seus movimentos habituais.

Il n'avait aucun moyen de se retrouver dans cette situation.

Ele não tinha como chegar a essa posição por conta própria.

Il fit de son mieux pour se jeter sur son côté droit.

Ele fez o possível para se virar para o lado direito.

Il a probablement tenté ce mouvement une centaine de fois.

Ele provavelmente tentou esse movimento cem vezes.

Mais il revenait toujours en position couchée sur le dos.

Mas ele sempre voltava a ficar deitado de costas.

Il ferma les yeux pour ne pas voir ses jambes qui s'agitaient.

Ele fechou os olhos para não ver suas pernas inquietas.

Finalement, la douleur l'a empêché de réessayer.

No fim, a dor o impediu de tentar novamente.

Une douleur sourde au flanc qu'il n'avait jamais ressentie auparavant.

Uma dor surda na lateral do corpo, que ele nunca havia sentido antes.

« Oh mon Dieu », pensa désespérément Gregor Samsa.

"Meu Deus", pensou Gregor Samsa, desesperado.

« Quel métier pénible j'ai choisi ! »

"Que profissão árdua eu escolhi para mim!"

« Je dois voyager tous les jours pour le travail. »

"Dia após dia, tenho que viajar a trabalho."

« Le travail de bureau est beaucoup plus facile que le travail sur la route. »
"Trabalhar no escritório é muito mais fácil do que trabalhar na estrada."
« Et j'ai la malédiction de devoir voyager constamment. »
"E eu tenho a maldição de ter que viajar por aí."
« Toutes ces inquiétudes liées au fait d'être à l'heure pour les trains. »
"Toda a preocupação em chegar a tempo para os trens."
« Mes horaires de repas sont irréguliers et la nourriture est mauvaise. »
"Meus horários de refeição são irregulares e a comida é ruim."
« Mes amis changent constamment de ville. »
"Meus amigos estão sempre mudando de cidade."
« Mes interactions sont froides et professionnelles. »
"As interações que tenho são frias e profissionais."
«Que le diable s'amuse avec ce genre de travail !»
"Que o Diabo se divirta com esse tipo de trabalho!"
Il ressentit une légère démangeaison en haut de l'estomac.
Ele sentiu uma leve coceira na parte superior do estômago.
Il s'appuya contre le montant du lit, le dos contre le sol.
Ele se encostou na cabeceira da cama, usando as costas.
Il voulait pouvoir mieux lever la tête.
Ele queria conseguir levantar melhor a cabeça.
Il a trouvé l'endroit qui le démangeait.
Ele encontrou o local que estava coçando e o incomodando.
Sa tête semblait recouverte de petits points blancs.
Sua cabeça parecia estar coberta de pequenos pontos brancos.
Il ne pouvait pas dire ce que représentaient ces petits points blancs.
Ele não soube dizer o que eram aqueles pequenos pontos brancos.
Il avait prévu de toucher l'endroit avec une de ses jambes.
Ele planejava tocar o local com uma das pernas.
Mais lorsqu'il toucha l'endroit, il ressentit un étrange frisson.
Mas quando ele tocou no local, sentiu um arrepio estranho.

Il a donc immédiatement retiré sa jambe.
Então ele imediatamente afastou a perna do local.
Il n'avait d'autre choix que d'accepter cette sensation de démangeaison.
Ele não teve outra escolha senão aceitar a sensação de coceira.
Et il reprit sa position initiale dans le lit.
E ele retornou à sua posição anterior na cama.
«Se réveiller si tôt rend vraiment stupide.»
"Acordar tão cedo realmente deixa a gente meio burro."
« Un homme doit dormir suffisamment », pensa-t-il.
"Um homem precisa dormir o suficiente", pensou ele consigo mesmo.
« Les autres représentants de commerce mènent une vie de luxe. »
"Os outros caixeiros-viajantes levam uma vida de luxo."
« Le matin, je transfère les ordres que j'ai reçus. »
"De manhã, transfiro as encomendas que recebi."
« Pendant ce temps, ces messieurs prennent encore leur petit-déjeuner. »
"Enquanto isso, aqueles senhores ainda estão tomando o café da manhã."
« Imaginez un peu si j'essayais de faire ça avec mon patron. »
"Imagine só se eu tentasse fazer isso com o meu chefe."
«Il me licenciait avant même que j'aie fini mon petit-déjeuner.»
"Ele me demitiria antes mesmo de eu terminar meu café da manhã."
« Mais ce ne serait peut-être pas le pire non plus. »
"Mas talvez isso também não fosse a pior coisa do mundo."
«Le problème, c'est que mes parents me freinent.»
"O problema é que meus pais estão me impedindo de progredir."
« Sans eux, j'aurais déjà démissionné. »
"Se não fosse por eles, eu já teria me demitido."
« J'aurais tenu tête au patron et je lui aurais dit. »
"Eu teria enfrentado o chefe e lhe dito tudo."

« Je dirais exactement ce que je pense de lui et de son travail. »

"Eu diria exatamente o que penso dele e do trabalho."
« Il tomberait de son bureau si je lui racontais tout ! »
"Ele cairia da mesa se eu lhe contasse tudo!"
« Sa façon de s'asseoir à son bureau est très étrange. »
"É muito estranho o jeito como ele se senta na mesa."
« Sa façon de parler à ses subordonnés n'est pas correcte. »
"A maneira como ele fala com seus subordinados não é correta."
« Et le pire, c'est que son ouïe est très mauvaise. »
"E o pior é que ele tem uma audição muito ruim."
«Vous n'avez donc pas d'autre choix que de vous asseoir très près de lui.»
"Então você não tem outra escolha a não ser sentar-se bem perto dele."
« Cela dit, l'espoir n'est pas encore totalement perdu. »
"Mas, dito isso, a esperança ainda não está completamente perdida."
« Je vais économiser cet argent pour rembourser les dettes de mes parents. »
"Vou guardar o dinheiro para pagar a dívida dos meus pais."
« Je ne peux rien faire tant qu'ils lui doivent de l'argent. »
"Não posso fazer nada enquanto eles ainda lhe devem dinheiro."
« Mais une fois la dette remboursée, je le ferai sans aucun doute. »
"Mas quando a dívida for paga, com certeza farei isso."
« Cela prendra probablement encore cinq à six ans. »
"Provavelmente levará mais cinco ou seis anos."
« Oui, alors la grande séparation aura certainement lieu. »
"Sim, então a grande separação definitivamente acontecerá."
« Pour le moment, je dois me lever. »
"Por agora, porém, preciso sair da cama."
« Parce que mon train part à cinq heures. »
"Porque meu trem vai partir às cinco horas."
Gregor regarda le réveil qui tic-tac sur la table.

Gregor olhou para o despertador que fazia tique-taque sobre a mesa.

« Père céleste ! » pensa-t-il en regardant l'heure.

"Pai Celestial!", pensou ele ao ver as horas.

Six heures et demie étaient déjà passées sans qu'on s'en aperçoive.

Seis e meia já havia passado silenciosamente.

Et les aiguilles de l'horloge continuaient d'avancer d'elles-mêmes.

E os ponteiros do relógio continuaram a se mover para a frente.

Et il était presque sept heures quarante-cinq.

E agora o relógio se aproximava de sete menos um quarto.

« Peut-être que le réveil n'a pas sonné ? » pensa-t-il.

"Talvez o alarme não tenha tocado para me acordar?", pensou ele.

Depuis son lit, Gregor inspecta le réveil.

Da cama, Gregor examinou o despertador.

Le réveil était correctement réglé sur quatre heures.

O despertador estava corretamente programado para as quatro horas.

Il ne pouvait pas l'expliquer, mais l'alarme avait dû sonner.

Ele não soube explicar, mas o alarme deve ter disparado.

« Comment ai-je pu dormir sans m'en rendre compte après avoir entendu le réveil ? »

"Como é que eu consegui dormir sem perceber o alarme?"

Quand elle sonne, l'alarme fait même trembler les meubles.

Quando o alarme toca, chega a tremer os móveis.

Il savait que son sommeil n'avait pas été du tout paisible.

Ele sabia que seu sono não tinha sido nada tranquilo.

Mais c'est peut-être pour cela que son sommeil était beaucoup plus profond.

Mas talvez fosse por isso que seu sono era muito mais profundo.

Il devait réfléchir à ce qu'il devait faire maintenant.

Ele precisava pensar no que deveria fazer agora.

Le train suivant ne partait qu'à sept heures.

O próximo trem só partia às sete horas.
Prendre ce train serait quasiment impossible.
Pegar aquele trem seria praticamente impossível.
Et il n'avait pas encore emporté les textiles dont il avait besoin.
E ele ainda não havia empacotado os tecidos de que precisava.
Il ne se sentait pas particulièrement frais et agile non plus.
Ele também não se sentia particularmente disposto e ágil.
Il y avait peut-être une chance de monter dans le train.
Talvez houvesse uma chance de entrar no trem.
Mais une réprimande du patron était inévitable de toute façon.
Mas uma bronca do chefe era inevitável de qualquer maneira.
Le commis aurait pris le train de cinq heures.
O funcionário teria embarcado no trem das cinco horas.
Le commis de bureau était une créature sans envergure, à la solde du patron.
O funcionário do escritório era uma criatura sem espinha dorsal, subserviente ao chefe.
L'absence de Gregor aurait donc déjà été signalée.
Assim, a ausência de Gregor já teria sido comunicada.
« Et si je me faisais porter malade ? » se demandait Gregor.
"E se eu ligar dizendo que estou doente?", Gregor ponderou.
Mais ce serait extrêmement embarrassant et suspect.
Mas isso seria extremamente constrangedor e suspeito.
Gregor n'avait jamais été malade pendant la période où il avait travaillé là-bas.
Gregor nunca havia ficado doente durante o tempo em que trabalhou lá.
Et il leur avait déjà consacré cinq années de service.
E ele já lhes havia prestado cinco anos de serviço.
Il y avait de fortes chances que le patron vienne prendre de ses nouvelles.
Era bem provável que o chefe viesse verificar como ele estava.
Il amènerait probablement le médecin de l'assurance maladie.
Ele provavelmente traria o médico do plano de saúde.

Et il blâmait les parents pour la paresse de leur fils.
E ele culparia os pais pela preguiça do filho.
Ils ne pourraient formuler aucune objection à son égard.
Eles não seriam capazes de apresentar qualquer objeção a ele.
Car pour lui, il n'y avait que deux sortes de travailleurs.
Porque para ele só existiam dois tipos de trabalhadores.
Soit les ouvriers étaient en parfaite santé, soit ils rechignaient à travailler.
Ou os trabalhadores eram completamente saudáveis, ou tinham aversão ao trabalho.
Et aurait-il même tort dans cette analyse de base ?
E será que ele estaria errado nessa análise básica?
Assurément, dans ce cas précis, son argument était solide.
Certamente, neste caso, ele tinha um argumento forte.
Malgré son apparence, Gregor se sentait en réalité plutôt bien.
Apesar da aparência, Gregor na verdade se sentia muito bem.
Ce long sommeil inutile l'avait rendu un peu somnolent.
O sono prolongado desnecessário o deixou um pouco sonolento.
Mais à part ça, il ne pouvait pas se plaindre de maladie.
Mas, tirando isso, ele não podia se queixar de nenhuma doença.
Il ressentait même une faim particulièrement forte et saine.
Ele até sentiu uma fome particularmente forte e saudável.
Tandis qu'il nourrissait ces pensées, l'horloge sonna de nouveau.
Enquanto ele refletia sobre esses pensamentos, o relógio bateu novamente.
Selon l'alarme, il était alors sept heures moins le quart.
Segundo o alarme, eram agora menos um quarto das sete.
Et maintenant, on frappa doucement à la porte.
E então ouviu-se também uma batida suave na porta.
« Gregor », l'appela quelqu'un – c'était sa mère.
"Gregor", alguém o chamou – era a mãe.
« Il est sept heures moins le quart », a-t-elle confirmé en entendant l'alarme.

"São quase sete", confirmou ela o alarme.
« Tu ne voulais pas partir ? » demanda la douce voix.
"Você não queria ir embora?", perguntou a voz suave.
Gregor eut peur en entendant sa voix répondre.
Gregor ficou assustado ao ouvir sua voz respondendo.
Sa voix était toujours la même.
A voz continuava sendo a mesma de sempre.
Mais une nouvelle sonorité s'était désormais mêlée à sa voix.
Mas agora havia um novo som misturado à sua voz.
Un couinement douloureux s'échappa également du plus profond de lui.
De dentro dele também saiu um guincho doloroso.
Au début, sa voix semblait former des mots avec clarté.
A princípio, sua voz parecia formar palavras com clareza.
Mais alors, Gregor entendit l'écho mental de sa voix.
Mas então Gregor ouviu o eco mental de sua voz.
L'enregistrement de sa voix s'est interrompu de façon étrange.
A gravação da voz dele apresentou uma falha estranha.
Et il n'était pas sûr d'avoir bien entendu.
E ele não tinha certeza se tinha ouvido as coisas corretamente.
Gregor éprouvait un profond désir de donner une réponse détaillée.
Gregor sentiu um forte desejo de dar uma resposta detalhada.
Il voulait tout expliquer clairement à sa mère.
Ele queria explicar tudo claramente para sua mãe.
Mais, compte tenu des circonstances, il devait se limiter.
Mas, dadas as circunstâncias, ele teve que se limitar.
Et sa réponse fut beaucoup plus brève qu'il ne l'aurait souhaité.
E ele respondeu de forma muito mais curta do que gostaria.
"Oui maman, ne t'inquiète pas, merci, je suis déjà levée."
"Sim, mãe, não se preocupe, obrigada, eu já estou acordada."
La porte en bois a probablement contribué à étouffer sa voix.
A porta de madeira provavelmente ajudou a abafar sua voz.
À l'extérieur, le changement dans la voix de Gregor est resté inaperçu.

Do lado de fora, a mudança na voz de Gregor passou
despercebida.

La mère semblait satisfaite de son explication.

A mãe pareceu ficar satisfeita com a explicação dele.

Et elle repartit aussi discrètement qu'elle était venue.

E ela partiu tão silenciosamente quanto havia chegado.

Mais cette petite conversation a eu un effet indésirable.

Mas a pequena conversa teve um efeito indesejado.

Il a attiré l'attention des autres membres de la famille.

Ele chamou a atenção dos outros membros da família.

Gregor était toujours chez lui et n'était pas allé travailler.

Gregor ainda estava em casa e não tinha ido trabalhar.

Et maintenant, le père frappa lui aussi à la porte de côté.

E então o pai também bateu na porta lateral.

Il frappa faiblement, mais avec détermination, du poing.

Ele bateu com o punho, de forma fraca, mas determinada.

« Gregor, Gregor », appela-t-il, « quel est le problème ? »

"Gregor, Gregor", ele gritou, "qual é o problema?"

**Au bout d'un moment, il avertit de nouveau d'une voix plus
grave.**

Após alguns instantes, ele advertiu novamente, em voz mais
grave.

Mais la sœur frappa alors à la porte de l'autre côté.

Mas, do outro lado da porta, a irmã bateu.

**« Gregor ? Tu ne te sens pas bien ? » demanda-t-elle
doucement.**

"Gregor? Você não está se sentindo bem?", perguntou ela em
voz baixa.

**« Avez-vous besoin de quelque chose ? » demanda-t-elle,
inquiète.**

"Há algo de que você precise?", perguntou ela, preocupada.

Gregor a répondu aux deux parties : « J'ai déjà terminé. »

Gregor respondeu aos dois lados: "Já terminei."

**Il avait fait de son mieux pour prononcer tous les mots avec
soin.**

Ele havia se esforçado ao máximo para pronunciar todas as
palavras com cuidado.

Et il a gommé tout ce qui était ostentatoire dans sa voix.
E ele removeu tudo o que era perceptível em sua voz.
Le père semblait également satisfait de la réponse.
O pai também pareceu satisfeito com a resposta.
Et il retourna à son petit-déjeuner inachevé.
E ele voltou para o seu café da manhã inacabado.
Mais la sœur murmura : « Gregor, ouvre la bouche, je t'en supplie. »
Mas a irmã sussurrou: "Gregor, abra a boca, eu imploro."
Mais son inquiétude à son égard ne parvenait en rien à l'émouvoir.
Mas a preocupação dela por ele não o comoveu de forma alguma.
Gregor n'avait aucune intention de lui ouvrir la porte.
Gregor não tinha nenhuma intenção de abrir a porta para ela.
Ses voyages lui avaient permis d'acquérir certaines habitudes de prudence.
Ele havia adquirido alguns hábitos cautelosos por causa das viagens.
Et il se félicita d'avoir verrouillé les portes.
E ele se elogiou por ter trancado as portas.
Il voulait d'abord se lever tranquillement, à son propre rythme.
Primeiro, ele queria se levantar silenciosamente, no seu próprio tempo.
Et, sans être dérangé, il voulut s'habiller.
E, sem ser incomodado, quis se vestir.
Cela étant fait, il voulut ensuite prendre son petit-déjeuner.
Feito isso, ele quis tomar o café da manhã.
Ce n'est qu'alors qu'il a souhaité examiner la situation plus en détail.
Só então ele quis analisar a situação mais a fundo.
Il savait qu'il était inutile de faire des projets au lit.
Ele sabia que não adiantava fazer planos na cama.
Il serait impossible de parvenir à une conclusion sensée.
Seria impossível chegar a uma conclusão sensata.

Il lui était déjà arrivé de se réveiller avec de légères douleurs.

Houve outras ocasiões em que ele acordou com dores leves.

Ces douleurs se sont toujours révélées être de pures inventions de l'imagination.

Essas dores sempre se revelavam pura imaginação.

En me levant du lit, la douleur disparaissait invariablement.

Ao levantar da cama, a dor invariavelmente desaparecia.

Il était curieux de voir ce qu'il adviendrait de ces idées.

Ele estava curioso para ver o que aconteceria com essas ideias.

Le changement de sa voix était probablement dû à un rhume.

A mudança na voz dele provavelmente foi apenas por causa de um resfriado.

Le rhume est un risque professionnel courant pour les voyageurs.

Resfriados são apenas um risco inerente à profissão de viajante.

Il ne doutait pas que c'était l'explication logique.

Ele não tinha dúvidas de que essa era a explicação lógica.

Il s'est facilement dégagé de la couverture.

Tirar o cobertor de cima dele foi uma tarefa fácil.

Il lui suffisait d'inspirer et de se gonfler.

Tudo o que ele precisava fazer era inspirar e inflar o corpo.

La couverture glissa de son corps et tomba sur le sol.

O cobertor escorregou de seu corpo e caiu no chão.

Son corps incroyablement large rendait d'autres choses difficiles.

Seu corpo incrivelmente largo dificultava outras coisas.

Il aurait eu besoin de bras et de mains pour se tenir debout.

Ele precisaria de braços e mãos para se levantar.

Mais il n'avait plus les membres qu'il avait autrefois.

Mas ele não tinha mais os membros que costumava ter.

Au lieu de bras et de mains, il avait plein de petites jambes.

Em vez de braços e mãos, ele tinha muitas perninhas.

Et ses jambes bougeaient sans cesse, sans qu'il puisse les contrôler.

E suas pernas se moviam constantemente, sem que ele as controlasse.

Il a essayé de plier une jambe, mais au lieu de cela, elle s'est étirée.

Ele tentou dobrar uma das pernas, mas em vez disso, ela se esticou.

Il parvint finalement à contrôler une jambe.

Ele finalmente conseguiu controlar uma das pernas.

Mais ensuite, le mouvement des autres pattes a été libéré.

Mas então o movimento das outras pernas foi liberado.

Et toutes ses jambes frémissaient d'excitation extrême.

E todas as suas pernas se contraíram em extrema excitação.

Il a d'abord voulu sortir le bas de son corps du lit.

Primeiro, ele quis tirar a parte inferior do corpo da cama.

Mais il n'avait pas encore vu le bas de son corps.

Mas ele ainda não tinha visto a parte inferior do corpo dele.

Et de toute façon, déplacer cette pièce s'est avéré trop difficile.

E, de qualquer forma, mover essa peça se mostrou muito difícil.

Finalement, de toutes ses forces, il fit un geste audacieux.

Finalmente, com todas as suas forças, ele fez um movimento brusco.

Sans plus hésiter, il s'avança.

Sem mais hesitar, ele avançou.

Mais il avait choisi la mauvaise direction.

Mas ele havia escolhido a direção errada.

Il s'est violemment cogné le corps contre le montant inférieur du lit.

Ele bateu violentamente o corpo contra o poste inferior da cama.

La douleur brûlante qu'il ressentait lui a appris une précieuse leçon.

A dor lancinante que ele sentiu lhe ensinou uma lição valiosa.

La partie inférieure de son corps était peut-être plus sensible.

A parte inferior do corpo dele talvez fosse mais sensível.

Il a donc commencé par sortir le haut de son corps du lit.
Então ele tentou tirar primeiro a parte superior do corpo da cama.
Il tourna prudemment la tête dans la bonne direction.
Ele virou a cabeça cuidadosamente na direção correta.
Et bientôt, sa tête se retrouva face au bord du lit.
E logo sua cabeça estava virada para a beira da cama.
Ce mouvement prudent lui était en réalité facile.
Esse movimento cauteloso foi, na verdade, fácil para ele.
Et sa largeur et son poids ne l'empêchaient pas de se déplacer.
E sua largura e peso não impediram seus movimentos.
La masse de son corps suivit lentement le mouvement de sa tête.
A massa do seu corpo acompanhou lentamente o movimento da cabeça.
Mais ensuite, il a passé la tête au-dessus du bord du lit.
Mas então ele ergueu a cabeça para fora da beira da cama.
Et il dut faire face à une nouvelle peur à laquelle il n'avait pas encore pensé.
E ele se deparou com um novo medo sobre o qual ainda não havia pensado.
Poursuivre dans cette voie pourrait s'avérer dangereux.
Prosseguir dessa forma pode ser perigoso.
Il pensait qu'il allait simplement se laisser tomber.
Ele pensava que simplesmente ia se deixar levar.
Mais ce serait un miracle s'il ne s'était pas blessé à la tête.
Mas seria um milagre se ele não machucasse a cabeça.
Ce n'était pas le moment de risquer de perdre connaissance.
Agora não era hora de arriscar perder a consciência.
Finalement, il vaudrait peut-être mieux rester au lit.
Talvez seja melhor ficar na cama, afinal.
Mais il devait ensuite faire le même effort pour revenir.
Mas depois ele teve que fazer o mesmo esforço para voltar.
Après tous ces efforts, il était allongé là, exactement comme avant.

Após todo aquele esforço, ele continuava deitado ali, exatamente como antes.

Et maintenant, ses jambes semblaient encore plus en colère qu'elles ne l'avaient été.

E agora suas pernas pareciam ainda mais irritadas do que antes.

Les mouvements de sa jambe étaient devenus encore plus incontrôlables.

Os movimentos de sua perna haviam se tornado ainda mais incontroláveis.

Il ne voyait aucun moyen de sortir de la situation dans laquelle il se trouvait.

Ele não via saída para a situação em que se encontrava.

Il était impossible de faire émerger la paix et l'ordre de ce chaos.

A paz e a ordem não puderam ser restabelecidas em meio ao caos.

Mais il savait que rester au lit n'était pas une option non plus.

Mas ele sabia que ficar na cama também não era uma opção.

Tout sacrifier était l'option la plus sensée.

Sacrificar tudo era a opção mais sensata.

Il s'accrochait au moindre espoir de pouvoir se lever.

Ele se agarrou à mais tênue esperança de sair da cama.

S'il y parvenait, tous les risques en auraient valu la peine.

Se ele conseguisse, todo o risco teria valido a pena.

Mais il se souvenait aussi d'autre chose en même temps.

Mas, ao mesmo tempo, ele também se lembrou de outra coisa.

« Mieux vaut réfléchir sereinement que de prendre des décisions désespérées. »

"Reflexões serenas são melhores do que decisões desesperadas."

Il concentra tous ses efforts sur la fenêtre.

Com todo o seu esforço, ele concentrou o olhar na janela.

Mais ce qu'il vit ne lui insuffla guère de confiance ni de joie.

Mas o que ele viu lhe trouxe pouca confiança e alegria.

La brume matinale enveloppait toute la rue étroite.

A névoa da manhã cobria toda a rua estreita.

Le réveil sonna à nouveau ; il était maintenant sept heures.

O despertador tocou novamente; agora eram sete horas.

« Il est déjà sept heures et il y a encore un épais brouillard. »

"Já são sete horas e ainda há muita neblina."

Il resta un moment allongé, immobile, respirant faiblement.

Por um tempo ele ficou deitado em silêncio, respirando apenas fracamente.

Un peu de calme permettrait peut-être de retrouver une certaine normalité.

Talvez um pouco de tranquilidade trouxesse alguma normalidade.

Un silence complet pourrait engendrer les conditions réelles.

O silêncio absoluto poderia criar as condições reais.

Mais avant que l'horloge ne sonne à nouveau, il rompit le silence.

Mas antes que o relógio batesse novamente, ele quebrou o silêncio.

«Avant que l'horloge ne sonne à nouveau, je dois être levé.»

"Antes que o despertador bata novamente, preciso estar fora da cama."

« Je dois absolument être complètement levé à ce moment-là. »

"Até lá, eu preciso estar completamente fora da cama."

« Après 19h15, le bureau enverra quelqu'un. »

"Depois das sete e quinze, o escritório enviará alguém."

"Parce que le bureau ouvrait avant sept heures."

"Porque o escritório abriu antes das sete horas."

Et il commença alors à se balancer hors du lit.

E então ele começou a se impulsionar para fora da cama.

Il avait cessé de se concentrer sur le haut ou le bas de son corps.

Ele havia deixado de se concentrar na parte superior ou inferior do corpo.

Il fallut sortir tout son corps du lit.

Ele teve que sair da cama por completo, de todo o comprimento do seu corpo.

Tomber de cette façon devrait protéger sa tête, pensa-t-il.
Cair dessa forma deve proteger sua cabeça, pensou ele.
Il avait prévu de relever la tête lorsqu'il toucherait le sol.
Ele havia planejado levantar a cabeça ao atingir o chão.
Son dos semblait suffisamment robuste pour encaisser le choc.
A parte posterior do corpo dele parecia suficientemente rígida para absorver o impacto.
Et le tapis était là pour amortir l'atterrissage.
E o tapete estava ali para amortecer a aterrissagem.
Ce qui le préoccupait le plus, cependant, c'était le bruit assourdissant.
Sua maior preocupação, no entanto, era o barulho alto.
Le bruit fracassant effrayerait tous les occupants de la maison.
O estrondo assustaria todos na casa.
Peut-être que le bruit fort ne les terrifierait pas.
Talvez eles não se assustassem com o barulho alto.
Mais ils seraient certainement inquiets s'ils l'apprenaient.
Mas certamente ficariam preocupados se soubessem.
Mais il fallait prendre le risque d'attirer l'attention.
Mas era preciso correr o risco de atrair atenção.
La nouvelle méthode s'apparentait davantage à un jeu qu'à un effort.
O novo método era mais uma brincadeira do que um esforço.
Il devait balancer son corps par mouvements brusques et saccadés.
Ele teve que balançar o corpo em movimentos súbitos e bruscos.
Gregor était déjà à moitié sorti du lit.
Gregor já tinha saído da cama pela metade.
Une nouvelle idée venait de lui traverser l'esprit.
Nesse momento, um novo pensamento lhe ocorreu.
« Tout serait si facile si quelqu'un venait à mon secours. »
"Seria tudo tão fácil se alguém viesse em meu auxílio."
« Deux personnes fortes suffiraient amplement. »
"Duas pessoas fortes seriam perfeitamente suficientes."

Son père et la servante seraient assez forts.
Seu pai e a empregada seriam fortes o suficiente.
Il leur suffirait de glisser leurs bras sous son dos.
Eles só precisariam deslizar os braços por baixo das costas dele.
Et ensuite, ils pourraient facilement le sortir du lit.
E então eles poderiam facilmente tirá-lo da cama.
Peut-être auraient-ils dû réduire son poids progressivement.
Talvez tivessem que diminuir o peso dele gradualmente.
Alors, espérons-le, les jambes auraient trouvé leur utilité.
Tomara que, então, as pernas tivessem encontrado sua função.
« Ne serait-il pas préférable, après tout, de demander de l'aide ? »
"Afinal, não seria melhor pedir ajuda?"
Le problème, bien sûr, c'est qu'il avait verrouillé les portes.
O problema, claro, era que ele havia trancado as portas.
Il y avait quelque chose dans cette idée qui le chatouillait.
Havia algo naquela ideia que o divertia.
Et malgré ses difficultés, il ne put réprimer un sourire.
E apesar das dificuldades, ele não conseguiu conter um sorriso.
Il était déjà sur le point de perdre l'équilibre.
Ele já estava perto de perder o equilíbrio.
Chaque balancement le rapprochait un peu plus du moment où il basculerait du lit.
A cada balanço, ele ficava mais perto de cair da cama.
Il allait bientôt devoir prendre la décision finale.
Em breve ele teria que tomar a decisão final.
Dans cinq minutes, il serait sept heures et quart.
Em cinco minutos seriam sete e quinze.
Tandis qu'il était plongé dans ces pensées, la sonnette retentit.
Enquanto ele pensava nisso, a campainha tocou.
« C'est quelqu'un du bureau », se dit-il.
"Essa pessoa é do escritório", disse para si mesmo.
Et il fut presque paralysé de peur à cause du visiteur.
E ele quase congelou de medo por causa do visitante.

Ses jambes s'agitaient encore plus sauvagement qu'auparavant.

Suas pernas se moviam com ainda mais descontrole do que antes.

Mais ensuite, pendant un instant, tout resta silencieux.

Mas então, por um instante, tudo ficou em silêncio.

« Ils n'ouvriront pas la porte », se dit Gregor.

"Eles não vão abrir a porta", disse Gregor para si mesmo.

Il était encore prisonnier d'un espoir insensé.

Ele ainda estava preso a uma esperança sem sentido.

Mais ensuite, bien sûr, la bonne s'est dirigée vers la porte.

Mas então, é claro, a empregada caminhou até a porta.

Et, comme toujours, elle ouvrit la porte au visiteur.

E, como sempre, ela abriu a porta para o visitante.

Gregor n'avait besoin d'entendre que les premiers mots de bienvenue du visiteur.

Gregor só precisava ouvir a primeira saudação do visitante.

Il a tout de suite compris qui était venu le chercher.

Ele percebeu imediatamente quem tinha vindo buscá-lo.

Le chef de bureau en personne était venu prendre des nouvelles de Samsa.

O próprio chefe de escritório tinha vindo verificar como estava Samsa.

Pourquoi Gregor était-il le seul à être condamné à un tel sort ?

Por que Gregor foi o único condenado a esse destino?

Pourquoi lui seul a-t-il dû servir dans une telle organisation ?

Por que só ele teve que servir em uma organização assim?

Le moindre oubli éveillait immédiatement les soupçons.

O menor descuido despertava imediatamente suspeitas.

Tous les employés qui travaillaient là-bas étaient-ils des scélérats ?

Todos os funcionários que trabalhavam lá eram canalhas?

N'y avait-il donc parmi eux aucune personne fidèle et dévouée ?

Não havia entre eles nenhuma pessoa fiel e dedicada?

N'auraient-ils pas pu simplement envoyer un apprenti ?

Não podiam simplesmente ter enviado um aprendiz?

Toutes ces interrogations étaient-elles vraiment nécessaires ?

Será que todo esse questionamento era realmente necessário?

Le représentant autorisé devait-il se déplacer en personne ?

O representante autorizado teve que vir pessoalmente?

Fallait-il vraiment informer toute la famille innocente ?

Será que toda a família inocente precisava ser informada?

Toutes ces considérations ont poussé Gregor à agir.

Todas essas considerações levaram Gregor à ação.

Il se hissa hors du lit de toutes ses forces.

Ele se lançou para fora da cama com toda a sua força.

Il y a eu une forte détonation, mais ce n'était pas vraiment un bruit.

Houve um estrondo alto, mas não foi bem um barulho.

La chute avait été légèrement amortie par le tapis.

A queda foi ligeiramente amortecida pelo tapete.

Son dos était plus élastique que Gregor ne l'avait imaginé.

Suas costas eram mais elásticas do que Gregor imaginava.

Le son était donc plus sourd et moins perceptible.

Assim, o som ficou mais abafado e menos perceptível.

Mais il n'avait pas fait attention à sa tête pendant sa chute.

Mas ele não cuidou da cabeça durante a queda.

Et lorsqu'il a touché le sol, il s'est aussi cogné la tête.

E quando ele caiu no chão, bateu também com a cabeça.

Il se frotta la tête sur le tapis, en colère et souffrant.

Ele esfregou a cabeça no tapete, tomado pela raiva e pela dor.

Mais le gérant, qui se trouvait dans la pièce d'à côté, a entendu le bruit.

Mas o gerente da sala ao lado ouviu o barulho.

« Quelque chose est tombé là-dedans », a-t-il observé avec justesse.

"Algo caiu ali dentro", observou ele corretamente.

Gregor essaya d'imaginer le manager dans sa situation.

Gregor tentou imaginar o gerente em sua situação.

« La même chose pourrait-elle lui arriver ? » se demanda-t-il.

"Será que a mesma coisa poderia acontecer com ele?", pensou.

Il a admis que cet étrange événement pouvait être possible.
Ele aceitou que esse estranho acontecimento fosse possível.
Puis le chef de bureau fit quelques pas vers la pièce.
E então o chefe de gabinete deu alguns passos em direção à sala.
C'était presque une réponse grossière à la question qu'il avait posée.
Foi quase uma resposta grosseira à pergunta que ele fez.
Ses bottes en cuir grinçaient lorsqu'il s'approcha de la porte.
Suas botas de couro rangeram quando ele se aproximou da porta.
Depuis la pièce située à sa droite, sa servante lui chuchota quelque chose.
Do quarto à sua direita, sua criada sussurrou algo para ele.
"Gregor, le représentant autorisé est ici."
"Gregor, o representante autorizado está aqui."
« Je sais », dit Gregor, mais seulement à voix basse pour lui-même.
"Eu sei", disse Gregor, mas apenas em voz baixa para si mesmo.
Il n'osait pas élever la voix au-dessus d'un murmure.
Ele não se atreveu a levantar a voz acima de um sussurro.
Parce que Gregor ne voulait pas que sa sœur l'entende.
Porque Gregor não queria que sua irmã o ouvisse.
« Gregor », dit le père depuis la pièce de gauche.
"Gregor", disse o pai, da sala à esquerda.
«Le responsable est venu vérifier quel est le problème.»
"O gerente veio verificar qual é o problema."
« Il vous a demandé pourquoi vous n'aviez pas pris le premier train. »
"Ele perguntou por que você não partiu no trem mais cedo."
« Nous ne savons pas quoi lui dire », a déclaré le père.
"Não sabemos o que dizer para ele", disse o pai.
« D'ailleurs, il souhaite également vous parler personnellement. »
"Aliás, ele também quer falar com você pessoalmente."
« Veuillez ouvrir la porte, afin qu'il puisse vous parler. »

"Por favor, abra a porta para que ele possa falar com você."
« Il aura la gentillesse d'excuser le désordre dans la chambre. »
"Ele terá a gentileza de desculpar a bagunça no quarto."
« Bonjour, Monsieur Samsa », lui lança le directeur.
"Bom dia, Sr. Samsa", disse o gerente para ele.
Et il lui a certainement parlé de manière amicale.
E, sem dúvida, ele falou com ele de maneira amigável.
« Il ne se sent pas bien », dit la mère au gérant.
"Ele não está bem", disse a mãe ao gerente.
« Il ne va pas bien du tout, croyez-moi, cher manager. »
"Ele não está nada bem, acredite em mim, caro gerente."
« Sinon, pourquoi Gregor aurait-il raté le train du matin ? »
"Por que mais Gregor perderia o trem da manhã?"
«Le garçon ne pense qu'à ses affaires.»
"O rapaz só pensa nos negócios."
« Cela m'agace presque qu'il ne fasse rien d'autre. »
"Chega a me irritar que ele não faça mais nada."
« J'aimerais qu'il sorte le soir pour prendre l'air. »
"Gostaria que ele saísse à noite para tomar ar fresco."
« Il était en ville pendant huit jours pour affaires. »
"Ele esteve na cidade por oito dias a negócios."
« Mais il était chez lui tous les soirs. »
"Mas ele estava em casa todas essas noites."
«Il s'assoit à notre table et lit le journal.»
"Ele senta-se à nossa mesa e lê o jornal."
« À d'autres moments, il étudie les horaires des trains. »
"Em outras ocasiões, ele estuda os horários dos trens."
«Il lui arrive de s'occuper en faisant de la menuiserie.»
"Às vezes ele se mantém ocupado com trabalhos de carpintaria."
« Par exemple, il a sculpté un petit cadre photo en bois. »
"Por exemplo, ele esculpiu uma pequena moldura de madeira para um quadro."
« Pendant deux ou trois soirées, il était occupé avec la scie. »
"Durante duas ou três noites, ele esteve ocupado com a serra."

«Vous serez étonné(e) de voir à quel point le cadre photo est joli.»
"Você ficará surpreso com a beleza da moldura."
«Il a accroché le cadre photo dans sa chambre.»
"Ele pendurou o quadro na parede do quarto dele."
« Quand il ouvrira la porte, vous verrez ses boiseries. »
"Quando ele abrir a porta, você verá o seu trabalho em madeira."
« Au fait, je suis ravi que vous soyez ici, Monsieur Prokurist. »
"A propósito, fico feliz que esteja aqui, Sr. Prokurist."
« Nous n'aurions pas pu, à nous seuls, forcer Gregor à ouvrir la porte. »
"Nós sozinhos não teríamos conseguido fazer Gregor abrir a porta."
« Il est tellement têtu », a avoué sa mère au vendeur.
"Ele é tão teimoso", confessou a mãe ao atendente.
« Il est certainement malade, même s'il l'a nié auparavant. »
"Ele certamente não está bem, embora tenha negado isso antes."
« J'arrive tout de suite », dit Gregor lentement et prudemment.
"Já estou indo", disse Gregor devagar e com cuidado.
Mais il ne fit aucun mouvement vers la porte de la pièce.
Mas ele não fez nenhum movimento em direção à porta do quarto.
Il ne voulait pas perdre un seul mot de la conversation.
Ele não queria perder uma palavra sequer da conversa.
Le chef de bureau a approuvé l'évaluation de la mère.
O chefe de gabinete concordou com a avaliação da mãe.
« Je ne peux pas l'expliquer autrement non plus, madame. »
"Não consigo explicar de outra forma, senhora."
« Espérons tous qu'il ne souffre d'aucune maladie grave », a-t-il déclaré.
"Vamos todos torcer para que ele não tenha nenhuma doença grave", disse ele.
« D'un autre côté, c'est un risque pour notre secteur. »

"Por outro lado, é um risco em nosso setor."
« Nous, les hommes d'affaires, devons souvent surmonter un certain malaise. »
"Nós, empresários, muitas vezes temos que superar o desconforto."
« Les professionnels doivent simplement faire abstraction des petites douleurs. »
"Os profissionais precisam apenas superar pequenas dores."
Pendant ce temps, son père frappa de nouveau à l'autre porte.
Entretanto, seu pai bateu novamente na outra porta.
« Le chef de bureau peut-il entrer maintenant ? » demanda-t-il.
"O chefe de escritório pode entrar agora?", perguntou ele.
« Non, il ne peut pas », répondit Gregor à la question de son père.
"Não, ele não pode", respondeu Gregor à pergunta de seu pai.
Un silence gênant s'installa dans la pièce de gauche.
Um silêncio constrangedor pairou na sala à esquerda.
Dans la pièce de droite, la sœur se mit à sangloter.
No quarto à direita, a irmã começou a soluçar.
Pourquoi la sœur n'était-elle pas partie rejoindre les autres ?
Por que a irmã não foi ficar com as outras?
Elle venait probablement de se lever, pensa-t-il.
Ela provavelmente tinha acabado de sair da cama, pensou ele.
Elle n'a peut-être même pas encore commencé à s'habiller.
Ela pode nem ter começado a se vestir ainda.
Mais Gregor ne comprenait pas pourquoi elle pleurait.
Mas Gregor não conseguia entender por que ela estava chorando.
Était-ce parce qu'il ne s'était pas levé pour laisser entrer le directeur ?
Será que foi porque ele não se levantou e deixou o treinador entrar?
Était-ce parce qu'il risquait de perdre son emploi ?
Será que foi porque ele corria o risco de perder o emprego?
Le patron pourrait-il s'en prendre aux parents comme avant ?

Será que o chefe vai perseguir os pais como antes?

Allait-il leur formuler à nouveau les mêmes exigences qu'auparavant ?

Será que ele ia repetir as mesmas exigências de sempre?

Il n'y avait probablement pas lieu de s'inquiéter de ces choses-là.

Provavelmente não precisávamos nos preocupar com essas coisas.

Pour le moment, elle n'avait aucune raison de pleurer.

Por enquanto, ela não tinha motivos para chorar.

Gregor était toujours là, subvenant aux besoins de sa famille.

Gregor ainda estava aqui, sustentando a família.

Et il n'a jamais eu l'intention de quitter sa famille.

E ele nunca teve a intenção de abandonar a família.

Pour le moment, il restait simplement allongé là, sur le tapis.

Por enquanto, ele ficou apenas deitado no tapete.

La famille ignorait son état.

A família não sabia em que estado ele se encontrava.

S'ils avaient su, ils n'auraient pas encouragé son patron.

Se eles soubessem, não teriam encorajado o chefe dele.

Ils n'auraient même pas laissé entrer le gérant.

Eles nem sequer teriam deixado o gerente entrar na casa.

Le refouler n'aurait pas été particulièrement impoli.

Recusá-lo a entrar não teria sido particularmente rude.

Il aurait facilement pu trouver une excuse convenable plus tard.

Ele poderia facilmente ter encontrado uma desculpa adequada mais tarde.

Ce n'était pas un motif de licenciement.

Não era algo que justificasse sua demissão.

Gregor pensait qu'il serait plus judicieux de le laisser tranquille désormais.

Gregor achou que, naquele momento, seria mais sensato ficar sozinho.

Le déranger en pleurant et en parlant n'a pas beaucoup aidé.

Perturbá-lo com choro e conversa pouco adiantou.

Mais c'était l'incertitude qui inquiétait les autres.

Mas era a incerteza que incomodava os outros.

Et c'est cette incertitude qui a excusé leur comportement.

E foi essa incerteza que justificou o comportamento deles.

« Monsieur Samsa », appela le directeur d'une voix forte.

"Sr. Samsa", chamou o gerente em voz alta.

« Qu'est-ce qui se passe avec toi ? » a-t-il voulu savoir.

"O que está acontecendo com você?", ele quis saber.

« Tu t'es barricadé dans ta chambre. »

"Você se trancou no seu quarto."

«Vous ne pouvez répondre que par «oui» ou «non».»

"Você responde apenas com 'sim' ou 'não'."

«Vous causez de sérieux soucis à vos parents.»

"Você está causando sérias preocupações aos seus pais."

« Je ne vois pas de bonne raison de les inquiéter. »

"Não vejo um bom motivo para você preocupá-los."

« Il y a une autre chose que je mentionnerai en passant. »

"Há mais uma coisa que mencionarei de passagem."

«Vous négligez également vos obligations professionnelles envers nous.»

"Você também está negligenciando suas obrigações comerciais para conosco."

« Une telle irresponsabilité ne vous ressemble pas du tout. »

"Essa irresponsabilidade é totalmente atípica para você."

« Je parle ici au nom de vos parents et de votre patron. »

"Falo aqui em nome de seus pais e de seu chefe."

« Et je vous demande une explication immédiate et claire. »

"E eu lhe peço uma explicação imediata e clara."

« Je dois dire que tout cela m'étonne vraiment. »

"Devo dizer que tudo isso realmente me surpreende."

« Je pensais vous connaître comme une personne calme et raisonnable. »

"Eu pensava que te conhecia como uma pessoa calma e sensata."

« Mais maintenant, tu nous montres une autre facette de toi. »

"Mas agora você está nos mostrando um lado diferente de você."
«Vous faites soudain preuve de vos caprices très particuliers.»
"De repente, você está demonstrando seus caprichos muito peculiares."
« Mais il pourrait y avoir une explication à votre échec. »
"Mas pode haver uma explicação para o seu fracasso."
« Le patron a mentionné une dette que vous aviez recouvrée pour nous. »
"O chefe mencionou uma dívida que você havia cobrado para nós."
« J'ai donné ma parole d'honneur au patron en votre nom. »
"Dei minha palavra de honra ao chefe em seu nome."
« Mais maintenant je vois votre obstination incompréhensible. »
"Mas agora eu entendo sua incompreensível teimosia."
« Je pourrais encore perdre toute envie de vous aider. »
"Ainda posso perder completamente a vontade de te ajudar."
«Votre sécurité d'emploi n'est en aucun cas totalement stable.»
"Sua segurança no emprego não é de forma alguma totalmente estável."
« À l'origine, je comptais vous dire tout cela en privé. »
"Originalmente, minha intenção era contar tudo isso a vocês em particular."
« Mais maintenant je vois que vous voulez que je perde mon temps ici. »
"Mas agora vejo que você quer que eu perca meu tempo aqui."
«Je ne vois donc aucune raison pour que vos parents ne le sachent pas.»
"Portanto, não vejo motivo algum para que seus pais não saibam."
«Vos récentes performances n'ont pas été satisfaisantes.»
"Seu desempenho recente não tem sido satisfatório."
« Je reconnais que les ventes sont plus lentes à cette période de l'année. »

"Reconheço que as vendas são mais lentas nesta época do ano."

« Mais il n'y a pas de période de l'année où il n'y a pas de ventes. »

"Mas não existe época do ano em que não haja vendas."

Pendant un instant, Gregor oublia tout ce qui l'entourait.

Por um instante, Gregor esqueceu tudo ao seu redor.

« Mais Monsieur Prokurist ! » s'écria Gregor, désespéré.

"Mas, senhor Prokurist", exclamou Gregor, em desespero.

« J'ouvre la porte tout de suite, maintenant, ne vous inquiétez pas. »

"Vou abrir a porta agora mesmo, não se preocupe."

«Le problème, c'est que je ne me sens pas très bien.»

"O problema é que tenho me sentido muito mal."

« Mes vertiges m'ont empêché d'atteindre la porte. »

"A tontura me impediu de chegar à porta."

« Je suis encore au lit, mais je me sens beaucoup mieux. »

"Ainda estou deitada na cama, mas me sinto muito melhor."

«Un instant, s'il vous plaît, je viens de me lever.»

"Só um momento, por favor, estou me levantando da cama."

« Un instant de patience, c'est tout ce que je vous demande, Monsieur Prokurist. »

"Só peço um momento de paciência, Sr. Prokurist."

« Ça ne se passe pas aussi bien que je le pensais, mais ça ira. »

"Não está indo tão bem quanto eu pensava, mas vou ficar bem."

« Comment une telle chose peut-elle arriver à une personne aussi rapidement ? »

"Como é possível que uma coisa dessas aconteça a uma pessoa tão rapidamente?"

« Je me sentais bien hier soir, mes parents le savent. »

"Eu estava me sentindo bem ontem à noite, meus pais sabem disso."

« Mais peut-être avais-je déjà un petit pressentiment à ce moment-là. »

"Mas talvez eu já tivesse uma pequena premonição naquela época."

«Vous pourriez vous demander pourquoi je ne l'ai pas signalé au bureau.»

"Você pode se perguntar por que eu não relatei isso no escritório."

« Je pensais que je me sentirais beaucoup mieux demain matin. »

"Pensei que me sentiria muito melhor pela manhã."

« On pense toujours qu'ils auront vaincu la maladie d'ici là. »

"A gente sempre pensa que vai vencer a doença até lá."

« Mais je vous en prie ! Épargnez mes parents de ces accusations ! »

"Mas, por favor! Poupem meus pais dessas acusações!"

« On ne m'a pas dit un mot de ce que vous m'avez dit. »

"Não me disseram uma palavra sobre o que você me contou."

« Il se peut que vous n'ayez pas lu les dernières commandes que j'ai envoyées. »

"Talvez você não tenha lido as últimas ordens que enviei."

« Au fait, vous n'avez pas à vous inquiéter pour moi aujourd'hui. »

"Aliás, você não precisa se preocupar comigo hoje."

«Je vais quand même prendre le train de huit heures.»

"Ainda vou pegar o trem das oito horas."

« Ces quelques heures de repos m'ont suffisamment revigoré. »

"Essas poucas horas de descanso me fortaleceram o suficiente."

« Vous n'avez vraiment pas besoin d'attendre, manager. »

"Não há necessidade de esperar, gerente."

« Moi aussi, je serai bientôt au bureau. »

"Eu também estarei no escritório muito em breve."

« Et s'il vous plaît, ayez la gentillesse de dire un mot en ma faveur. »

"E, por favor, tenha a gentileza de falar bem de mim."

Gregor avait donné son explication assez précipitamment.

Gregor havia proferido sua explicação de forma bastante apressada.

Il ne savait pas vraiment ce qu'il essayait de dire.

Ele mal sabia o que estava tentando dizer.

Il s'est approché de la boîte et a essayé de s'en servir pour se lever.

Ele foi até a caixa e tentou usá-la para se levantar.

Il avait vraiment l'intention d'ouvrir la porte.

Ele tinha mesmo toda a intenção de abrir a porta.

Il souhaitait être reçu par le représentant autorisé.

Ele queria ser atendido pelo representante autorizado.

Et il voulait régler le problème avec lui personnellement.

E ele queria resolver o problema pessoalmente com ele.

Il était impatient de savoir comment les autres réagiraient à son égard.

Ele estava ansioso para saber como os outros reagiriam a ele.

Ils doivent maintenant être impatients de savoir comment il va.

A esta altura, eles também devem estar ansiosos para saber como ele está.

Il y avait deux façons possibles dont ils pouvaient réagir face à lui.

Havia duas maneiras possíveis pelas quais eles poderiam reagir a ele.

Une possibilité était qu'ils aient peur.

Uma possibilidade era que eles ficassem assustados.

S'ils avaient peur, alors il n'en était pas responsable.

Se eles ficaram com medo, então ele não tinha responsabilidade alguma.

Et alors, il n'aurait plus à s'inquiéter de la situation.

E então ele não precisaria se preocupar com a situação.

Mais il y avait aussi une autre possibilité à envisager.

Mas havia também outra possibilidade a considerar.

Peut-être accepteraient-ils sereinement sa personnalité.

Talvez eles o aceitassem calmamente do jeito que ele era.

Gregor n'aurait alors aucune raison de se fâcher non plus.

Então Gregor também não teria motivo para ficar chateado.

Il y aurait encore assez de temps pour prendre le train.
Ainda haveria tempo suficiente para pegar o trem.
Cependant, se tenir debout n'était pas une tâche facile.
No entanto, manter-se ereto não era, de forma alguma, uma
tarefa fácil.
Lors de ses premières tentatives, il a glissé hors de la boîte.
Nas suas primeiras tentativas, ele escorregou da caixa.
La boîte était trop lisse pour qu'il puisse s'y appuyer.
A caixa era lisa demais para que ele conseguisse se apoiar
nela.
Et finalement, il se donna un dernier effort pour se relever.
E finalmente, ele se esforçou uma última vez para se levantar.
**Il ne prêta plus attention à la douleur qu'il ressentait à
l'abdomen.**
Ele deixou de dar importância à dor no abdômen.
Peu importe l'intensité de la douleur, il la surmonterait.
Não importava a intensidade da dor, ele a superaria.
Il se laissa tomber contre le dossier d'une chaise voisine.
Ele se deixou cair contra o encosto de uma cadeira próxima.
Et il s'accrochait aux bords avec ses petites jambes.
E ele se agarrou às bordas com suas perninhas.
À ce stade, il avait repris le contrôle de lui-même.
A essa altura, ele já havia adquirido mais autocontrole.
Et sa chute fut plus silencieuse que la précédente.
E sua queda foi mais silenciosa que a anterior.
Parce qu'il devait écouter ce que disait le manager.
Porque ele teve que ouvir o que o gerente disse.
**« Avez-vous compris quelque chose à tout cela ? » demanda-
t-il aux parents.**
"Vocês entenderam alguma coisa?", perguntou ele aos pais.
« Il ne se moquerait pas de nous, n'est-ce pas ? »
"Ele não nos faria de bobos, faria?"
« Pour l'amour de Dieu ! » s'écria la mère, déjà en larmes.
"Pelo amor de Deus!", exclamou a mãe, já chorando.
« Il est peut-être gravement malade et nous le tourmentons. »
"Ele pode estar gravemente doente e nós o estamos
atormentando."

« Grete ! Grete ! » cria-t-elle à sa fille.

"Grete! Grete!" ela gritou para a filha.

« Maman ? » appela la sœur de l'autre côté.

"Mãe?" chamou a irmã do outro lado.

Ils ont ensuite communiqué par l'intermédiaire de la chambre de Gregor.

Então eles se comunicaram através do quarto de Gregor.

« Gregor est très malade et il a besoin de médicaments. »

"Gregor está muito doente e precisa tomar remédios."

«Vous devrez aller chez le médecin immédiatement.»

"Você terá que ir ao médico imediatamente."

« Tu as entendu comment Gregor parlait tout à l'heure ? »

"Você ouviu o jeito que Gregor falou agora há pouco?"

« C'était la voix d'un animal », a déclaré le gérant.

"Essa era a voz de um animal", disse o gerente.

Ses paroles étaient douces comparées aux cris de la mère.

Suas palavras eram suaves em comparação aos gritos da mãe.

« Anna ! Anna ! » appela le père depuis l'antichambre.

"Ana! Ana!" chamou o pai pela antessala.

Et il a claqué des mains pour attirer leur attention.

E bateu palmas para chamar a atenção deles.

« Appelez immédiatement un serrurier ! » ordonna-t-il à la bonne.

"Chame um chaveiro imediatamente!", ordenou ele à empregada.

Les filles, en jupes, traversèrent l'antichambre en courant.

As meninas, de saias, correram pela antessala.

Et leurs jupes bruissaient lorsqu'elles passèrent en courant devant sa chambre.

E suas saias farfalharam enquanto elas corriam em frente ao quarto dele.

« Comment sa sœur a-t-elle fait pour s'habiller si vite ? » se demanda-t-il.

"Como é que a irmã se vestiu tão depressa?", pensou ele.

La porte a été arrachée, mais elle n'a pas été claquée.

A porta foi arrancada, mas não foi fechada com força.

C'est fréquent dans les maisons où survient un grand
malheur.
Isso é comum em lares onde ocorre uma grande desgraça.
Mais tout cela avait considérablement apaisé Gregor.
Mas tudo isso fez com que Gregor ficasse muito mais calmo.
Quand il entendait ses propres paroles, elles lui paraissaient
claires.
Quando ouviu suas próprias palavras, elas lhe pareceram
claras.
En fait, il estimait que ses paroles avaient été plus claires.
Na verdade, ele sentiu que suas palavras haviam sido ainda
mais claras.
Mais les autres ne comprenaient plus ce qu'il disait.
Mas os outros já não entendiam o que ele estava dizendo.
Peut-être s'était-il habitué à ses oreilles à ce moment-là.
Talvez ele já tivesse se acostumado com suas orelhas.
Mais au moins, ils comprenaient maintenant mieux sa
situation.
Mas pelo menos agora eles entendiam melhor a situação dele.
Ils se sont rendu compte qu'il y avait vraiment quelque
chose qui n'allait pas chez lui.
Eles perceberam que realmente havia algo errado com ele.
Et ils faisaient maintenant tout leur possible pour l'aider.
E agora eles estavam fazendo tudo o que podiam para ajudá-
lo.
Cela redonna à Gregor un sentiment de confiance qui lui
manquait.
Isso deu a Gregor uma sensação de confiança que lhe faltava.
Et il se sentait de nouveau beaucoup plus en sécurité au sein
de sa famille.
E ele se sentiu muito mais seguro novamente na família.
Il avait le sentiment d'être à nouveau intégré au cercle
humain.
Ele sentiu que estava novamente incluído no círculo humano.
Il ne lui restait plus qu'à espérer que le serrurier puisse
ouvrir la porte.

Agora ele só podia torcer para que o chaveiro conseguisse abrir a porta.

Et il espérait que le médecin serait capable d'accomplir de telles tâches.

E ele esperava que o médico pudesse realizar tais tarefas.

Il allait bientôt devoir reprendre la parole.

Ele teria que falar novamente em breve.

Il allait falloir que sa voix soit aussi claire que possible.

Sua voz teria que ser o mais clara possível.

Pour se préparer à la réunion, il s'éclaircit la gorge.

Para se preparar para a reunião, ele pigarreou.

Il s'efforçait toutefois de tousser très discrètement.

No entanto, ele fez o possível para tossir bem baixinho.

Ce bruit pouvait être différent d'une toux humaine.

O ruído pode ter soado diferente de uma tosse humana.

Il savait qu'il ne pouvait plus faire la différence entre de telles choses.

Ele sabia que já não conseguia diferenciar essas coisas.

Dans la pièce voisine, le silence était total.

Na sala ao lado, tudo ficou completamente silencioso.

Les parents étaient probablement assis à table.

Os pais provavelmente estavam sentados à mesa.

Ils chuchotaient peut-être avec le gérant.

Eles podem ter estado cochichando com o gerente.

Peut-être que tout le monde était appuyé contre la porte et écoutait.

Talvez todos estivessem encostados na porta, ouvindo.

Gregor poussa lentement la chaise vers la porte.

Gregor empurrou lentamente a cadeira em direção à porta.

Il s'appuya contre la porte et se tint droit.

Ele empurrou a porta e se manteve em pé.

Il a découvert que la plante de ses pieds était légèrement collée.

Ele descobriu que as almofadas dos seus pés tinham um pouco de cola.

Et il se reposa là un instant, épuisé.

E ali descansou por um instante, aliviado do esforço.

Après s'être suffisamment reposé, il s'attela à la tâche suivante.

Após descansar o suficiente, ele começou a próxima tarefa.

Il commença à tourner la clé dans la serrure avec sa bouche.

Ele começou a girar a chave na fechadura com a boca.

Malheureusement, il semblait qu'il n'avait pas de dents.

Infelizmente, ao que parece, ele não tinha dentes de verdade.

Mais quel autre moyen avait-il pour s'emparer des clés ?

Mas que outra maneira ele tinha de pegar as chaves?

Heureusement pour lui, ses mâchoires étaient bien sûr très fortes.

Felizmente para ele, suas mandíbulas eram, obviamente, muito fortes.

Grâce à la force de ses mâchoires, il a vraiment réussi à faire bouger la clé.

Com a ajuda de suas mandíbulas, ele realmente conseguiu mover a chave.

Il ne doutait pas qu'il se faisait du mal à lui-même également.

Ele não tinha dúvidas de que também estava se prejudicando.

Parce qu'un liquide brunâtre sortait de sa bouche.

Porque um líquido marrom estava saindo de sua boca.

Le liquide brunâtre a coulé sur la clé et le long de la porte.

O líquido marrom escorreu pela chave e pela porta.

Mais Gregor ne se souciait pas de se faire du mal.

Mas Gregor não se importava de estar se machucando.

« Vous entendez ça ? » demanda le gérant dans la pièce voisine.

"Você consegue ouvir isso?", perguntou o gerente na sala ao lado.

« Il tourne la clé », avait remarqué le gérant.

"Ele está girando a chave", percebeu o gerente.

Ces paroles furent un grand encouragement pour Gregor.

Essas palavras foram um grande incentivo para Gregor.

Mais le père et la mère auraient également dû crier :

Mas o pai e a mãe também deveriam ter gritado:

« Bien joué, Gregor ! » auraient-ils dû lui crier.

"Ótimo, Gregor!", deveriam ter gritado para ele.

«Continue, continue de tourner la clé, tu peux le faire.»

"Continue, continue girando essa chave, você consegue."

Mais Gregor dut plutôt imaginer leur enthousiasme.

Mas, em vez disso, Gregor teve que imaginar a empolgação deles.

Il serra les mâchoires de toutes ses forces.

Ele cerrou os dentes com toda a força que tinha.

Et il continua à tourner la clé dans la serrure.

E ele continuou girando a chave na fechadura.

Son corps se tordit douloureusement en un cercle.

Com muita dor, seu corpo se contorceu em círculos.

Il ne tenait plus debout qu'avec sa bouche.

Ele agora se mantinha em pé usando apenas a boca.

Pour continuer à tourner la clé, il appuya contre la porte.

Para continuar girando a chave, ele pressionou a porta.

Finalement, le claquement de la serrure réveilla de nouveau Gregor.

Finalmente, o estalo da fechadura despertou Gregor novamente.

« Je n'avais donc pas besoin du serrurier », soupira-t-il de soulagement.

"Então eu não precisei do chaveiro", suspirou ele, aliviado.

Il ne lui restait plus qu'à ouvrir la porte qu'il avait déverrouillée.

Agora ele só precisava abrir a porta que havia destrancado.

Et, la tête sur la poignée, il ouvrit la porte.

E com a cabeça apoiada na maçaneta, ele abriu a porta.

Il se trouvait derrière la porte qui donnait sur sa chambre.

Ele estava atrás da porta, que dava para o seu quarto.

La porte était donc déjà ouverte avant même qu'on puisse le voir.

Portanto, a porta já estava aberta antes mesmo que ele pudesse ser visto.

Il lui fallait ensuite se faufiler autour de la porte elle-même.

Em seguida, ele teve que manobrar para contornar a própria porta.

Ce mouvement difficile a également nécessité beaucoup d'efforts.

Essa difícil movimentação também exigiu muito esforço.

Il ne voulait pas tomber maladroitement dans la pièce voisine.

Ele não queria cair desajeitadamente no quarto ao lado.

Il n'avait donc pas le temps de prêter attention à quoi que ce soit d'autre.

Assim, ele não tinha tempo para prestar atenção a mais nada.

Mais il entendit alors le chef de bureau s'exclamer bruyamment : « Oh ! »

Mas então ele ouviu o chefe de escritório exclamar um sonoro "Oh!"

On aurait dit que le vent soufflait en rafales dans la maison.

Parecia que o vento estava soprando forte pela casa.

Il se trouvait être celui qui était le plus proche de la porte.

Por acaso, ele era quem estava mais perto da porta.

Et maintenant, en le voyant, il porta sa main à sa bouche.

E agora, ao vê-lo, levou a mão à boca.

Il recula lentement, s'éloignant de Gregor.

Ele recuou lentamente, afastando-se de Gregor.

Mais c'était comme si une force invisible agissait sur lui.

Mas era como se uma força invisível estivesse agindo sobre ele.

La première chose que fit la mère fut de regarder le père.

A primeira coisa que a mãe fez foi olhar para o pai.

Malgré la présence du gérant, ses cheveux étaient en désordre.

Apesar da presença do gerente, seu cabelo estava despenteado.

Elle déplia les bras et fit deux pas en avant.

Ela desdobrou os braços e deu dois passos para a frente.

Mais elle s'est effondrée au milieu de sa jupe.

Mas então ela desmaiou no meio da saia.

Sa robe s'est étalée tout autour d'elle sur le sol.

Seu vestido se espalhou por todo o chão ao seu redor.

Et sa tête disparut sur sa poitrine.

E a cabeça dela desapareceu sobre os próprios seios.
Le père serra le poing avec une expression hostile.
O pai cerrou o punho com uma expressão hostil.
Il semblait vouloir que Gregor soit renvoyé dans sa chambre.
Ele parecia querer que Gregor fosse mandado de volta para o quarto.
Il jeta ensuite un regard incertain autour du salon.
Ele então olhou ao redor da sala de estar, demonstrando incerteza.
Et finalement, il se couvrit les yeux entre ses mains.
E, por fim, cobriu os olhos com as mãos.
Et il pleura amèrement jusqu'à ce que sa poitrine puissante tremble.
E ele chorou amargamente até que seu peito poderoso tremesse.
Gregor n'est en réalité pas entré dans leur chambre.
Gregor, na verdade, não entrou no quarto deles.
Au lieu de cela, il s'appuya contre le cadre de la porte.
Em vez disso, encostou-se ao batente da porta.
Seule la moitié de son corps était visible de l'extérieur.
Apenas metade do seu corpo estava visível para quem estava do lado de fora.
Et sur son corps reposait sa tête, inclinée sur le côté.
E sobre o seu corpo estava a sua cabeça, inclinada para o lado.
La lumière était désormais devenue beaucoup plus vive qu'auparavant.
A essa altura, a luz já estava muito mais brilhante do que antes.
On pouvait désormais voir clairement l'autre côté de la rue.
Agora era possível ver claramente o outro lado da rua.
Une partie de l'hôpital gris et interminable se dévoila.
Uma parte do interminável e cinzento hospital foi revelada.
La pluie matinale n'avait pas encore complètement cessé de tomber.
A chuva da manhã ainda não havia parado completamente.

Mais maintenant, les gouttes de pluie étaient plus grosses et plus espacées.

Mas agora as gotas de chuva eram maiores e mais espaçadas.

Les plats du petit-déjeuner étaient disposés en abondance sur la table.

Os pratos do café da manhã estavam em abundância na mesa.

Le père considérait le petit-déjeuner comme le repas le plus important.

O pai considerava o café da manhã a refeição mais importante.

Le petit-déjeuner était un repas qu'il s'éternisait pendant des heures.

O café da manhã era uma refeição que ele prolongava por horas.

Et pendant ces heures, il lisait les différents journaux.

E nessas horas ele lia os diversos jornais.

Juste en face, sur le mur, était accrochée une photo de Gregor.

Na parede oposta, havia uma fotografia de Gregor.

La photographie accrochée au mur le montrait en lieutenant.

A fotografia na parede o mostrava como tenente.

C'était une photo de l'époque où il était dans l'armée.

Era uma foto da época em que ele estava no exército.

Sa main était posée sur son épée, et il arborait un sourire insouciant.

Sua mão estava sobre a espada, e ele tinha um sorriso despreocupado.

Sa posture et son uniforme imposaient un certain respect.

Sua postura e seu uniforme inspiravam certo respeito.

L'autre porte qui menait à l'antichambre était également ouverte.

A outra porta que dava para a antessala também estava aberta.

Et la porte de l'appartement était encore ouverte elle aussi.

E a porta do apartamento ainda estava aberta.

On pouvait voir jusqu'à la cour de l'immeuble.

Era possível ver toda a extensão até o pátio da frente do apartamento.

Puis les escaliers descendaient sur la rue en contrebas.

E então a escadaria dava para a rua lá embaixo.

Gregor était le seul à avoir gardé son sang-froid.

Gregor foi o único que manteve a compostura.

Il a constaté cela, la conversation était donc de sa responsabilité.

Ele viu isso, então a conversa era de sua responsabilidade.

« Bon, je vais m'habiller pour le travail maintenant », dit-il.

"Bem, agora vou me vestir para o trabalho", disse ele.

« Une fois que j'aurai emballé les échantillons de tissu, je partirai. »

"Depois de embalar as amostras de tecido, irei embora."

«Vous comptez toujours me tirer dessus, Monsieur Prokurist ?»

"O senhor ainda pretende me demitir, Sr. Procurador?"

« Comme vous pouvez le constater, je ne suis pas aussi têtue que vous le pensiez. »

"Como você pode ver, eu não sou tão teimoso quanto você pensava."

« Et vous pouvez constater que j'aime bien travailler, après tout. »

"E você pode ver que, afinal, eu gosto de trabalhar."

« Je peux admettre que voyager pour le travail n'est pas facile. »

"Posso admitir que viajar a trabalho não é fácil."

« Mais je peux aussi accepter que cela fasse partie de mon travail. »

"Mas também posso aceitar que isso faz parte do meu trabalho."

« Chef de projet, où allez-vous ? Retournez-vous au bureau ? »

"Gerente, para onde você vai? De volta ao escritório?"

« Allez-vous rapporter fidèlement tout ce que vous avez vu ? »

"Você vai relatar honestamente tudo o que viu?"

«Il arrive parfois qu'on soit dans l'incapacité d'aller travailler.»

"Às vezes acontece de alguém não poder ir trabalhar."

« C'est le moment idéal pour se souvenir des succès passés. »
"Esse é o momento certo para relembrar as conquistas do passado."
« Une fois la difficulté surmontée, on travaille encore mieux. »
"Depois de eliminar a dificuldade, o trabalho fica ainda melhor."
« Ma diligence et ma concentration vont augmenter. »
"Minha diligência e concentração irão aumentar."
«Vous savez très bien que je suis redevable envers le patron.»
"Você sabe muito bem que tenho uma dívida de gratidão com o chefe."
« Mais je suis aussi inquiète pour mes parents et ma sœur. »
"Mas também estou preocupado com meus pais e minha irmã."
« Je suis dans une situation délicate, mais je vais m'en sortir. »
"Estou numa situação difícil, mas vou dar um jeito de sair dela."
« Ne compliquez pas davantage les choses. »
"Não torne isso mais difícil do que já é."
« En tant que collègues, nous devons aussi nous entraider. »
"Como colegas de trabalho, também temos que nos ajudar mutuamente."
« Je sais que les employés de bureau n'aiment pas les voyageurs. »
"Eu sei que os funcionários de escritório não gostam dos viajantes."
«Vous croyez qu'on gagne des fortunes et qu'on mène une vie confortable.»
"Você acha que ganhamos uma fortuna e levamos uma vida boa."
« Ils n'ont aucune raison valable de tenir compte de leurs préjugés. »
"Eles não têm nenhum motivo real para reconsiderar seus preconceitos."

« Mais vous, agent habilité, votre rôle est différent. »
"Mas você, agente autorizado, tem um papel diferente."
«Vous avez une meilleure vue d'ensemble que les autres membres du personnel.»
"Você tem uma visão geral melhor do que os outros funcionários."
« En fait, je pense que vous avez peut-être la meilleure vue d'ensemble. »
"Na verdade, acho que você pode ter a melhor visão geral."
«Vous avez une meilleure vision d'ensemble que le patron lui-même.»
"Você tem uma visão geral melhor do que o próprio chefe."
« J'admets que c'est le patron qui fait le travail d'entrepreneur. »
"Admito que o chefe realiza o trabalho empreendedor."
« Mais il est facile de se tromper dans ses jugements. »
"Mas é fácil que seus julgamentos sejam induzidos a erros."
« Et ces petites erreurs de jugement peuvent nous être préjudiciables. »
"E esses pequenos erros de julgamento podem ser prejudiciais para nós."
«Vous savez combien il est facile de parler du voyageur.»
"Você sabe como é fácil falar sobre o viajante."
« Il n'est pas là pour défendre sa réputation contre les rumeurs. »
"Ele não está lá para defender sua reputação de fofocas."
« Ces accusations peuvent très bien n'être que des coïncidences. »
"Essas acusações podem facilmente ser apenas coincidências."
« Nombre de ces plaintes ne reposent même sur aucune vérité. »
"Muitas queixas não têm qualquer fundamento na verdade."
«Il est absent du bureau pendant presque toute l'année.»
"Ele fica fora do escritório praticamente o ano todo."
«Quelles chances a-t-il de défendre sa propre réputation ?»
"Que chance ele tem de defender a própria reputação?"
«Il n'a même pas connaissance des accusations.»

"Ele nem sequer fica sabendo das acusações."
«Il découvre ce qui a été dit lorsqu'il est trop tard.»
"Ele descobre o que foi dito quando já é tarde demais."
« À ce stade, il est épuisé par le voyage de la journée. »
"A essa altura, ele já está exausto da viagem do dia."
« Il devra de toute façon en subir les terribles conséquences. »
"Ele terá que enfrentar as terríveis consequências de qualquer maneira."
« Même s'il n'a aucun moyen de comprendre le problème. »
"Mesmo que ele não tenha como entender o problema."
« Oh, manager, ne partez pas sans me dire un mot. »
"Oh, gerente, não vá embora sem me dizer uma palavra."
«Dites-moi au moins que vous êtes d'accord avec moi en partie.»
"Pelo menos me diga que você concorda comigo em parte."
Mais le directeur s'était détourné de Gregor bien plus tôt.
Mas o gerente já havia abandonado Gregor muito antes.
Son épaule tressaillit lorsqu'il se retourna vers Gregor.
Seu ombro se contraiu quando ele olhou para trás, para Gregor.
Et il n'est pas resté immobile une seule fois pendant tout son discours.
E ele não parou um só instante durante o discurso.
Il se retournait vers Gregor, les lèvres pincées.
Ele olhava para Gregor com os lábios franzidos.
Il reculait progressivement vers la porte.
Ele vinha recuando gradualmente em direção à porta.
Mais il ne pouvait pas non plus détacher son regard de Gregor.
Mas ele também não conseguia desviar o olhar de Gregor.
Il avait l'impression qu'il lui était secrètement interdit de quitter la pièce.
Ele sentia como se houvesse uma proibição secreta de sair da sala.
Mais à ce stade, il se trouvait déjà dans le hall d'entrée.
Mas a essa altura ele já estava no hall de entrada.

Et soudain, il fit un mouvement vers la sortie.
E então ele fez um movimento repentino em direção à saída.
Il tendit la main droite vers les escaliers.
Ele estendeu a mão direita em direção à escada.
Peut-être qu'une force surnaturelle attendait pour le sauver.
Talvez uma força sobrenatural estivesse à espera para salvá-lo.
Gregor savait qu'il ne pouvait pas le laisser partir comme ça.
Gregor sabia que não podia permitir que ele partisse daquela
maneira.
**Le manager ne doit pas revenir dans le même état d'esprit
qu'avant.**
O treinador não deve voltar com o mesmo humor de antes.
La sécurité de l'emploi de Gregor était fortement menacée.
A segurança do emprego de Gregor estava seriamente
ameaçada.
Les parents ne comprenaient pas tout cela.
Os pais não conseguiam compreender completamente tudo
isso.
Au fil des ans, ils s'étaient habitués à sa sécurité d'emploi.
Ao longo dos anos, eles se acostumaram com a estabilidade do
emprego dele.
Et ils étaient convaincus qu'il avait ce poste à vie.
E eles se convenceram de que ele tinha o emprego para a vida
toda.
Au lieu de cela, ils s'étaient préoccupés d'autres soucis.
Em vez disso, eles se ocuparam com outras preocupações.
**Mais ces préoccupations leur ont fait perdre toute
prévoyance.**
Mas essas preocupações os levaram a perder toda a
capacidade de prever o futuro.
**Gregor, cependant, n'avait pas perdu la clairvoyance de ses
parents.**
Gregor, no entanto, não havia perdido a perspicácia dos pais.
Il a fallu que quelqu'un arrête le représentant autorisé.
Alguém teve que impedir o representante autorizado.
Il allait devoir le calmer et le convaincre.
Ele teria que acalmá-lo e convencê-lo.

L'avenir de Gregor et de sa famille en dépendait !

O futuro de Gregor e de sua família dependia disso!

Si seulement sa sœur intelligente avait été là pour l'aider.

Se ao menos a irmã inteligente estivesse aqui para ajudar.

Elle avait déjà pleuré alors que Gregor était encore dans sa chambre.

Ela já havia chorado quando Gregor ainda estava em seu quarto.

À ce moment-là, il était simplement allongé tranquillement sur le dos.

Nesse momento, ele estava simplesmente deitado de costas, em silêncio.

Elle connaissait déjà l'importance de la situation à ce moment-là.

Ela já tinha consciência da importância da situação naquela altura.

Le directeur était connu pour avoir un faible pour les femmes.

O gerente era conhecido por ter uma certa fraqueza por mulheres.

Elle aurait facilement pu le persuader de rester plus longtemps.

Ela poderia facilmente tê-lo convencido a ficar mais tempo.

Elle aurait fermé la porte et l'aurait fait rentrer.

Ela teria fechado a porta e o conduzido de volta para dentro.

Mais malheureusement, sa sœur était partie chercher un médecin.

Mas, infelizmente, a irmã tinha ido buscar um médico.

Gregor n'avait donc pas d'autre choix que de le faire lui-même.

Portanto, Gregor não teve outra escolha senão fazê-lo ele mesmo.

Il n'avait pas réfléchi à quelles étaient réellement ses capacités.

Ele não havia considerado quais eram, de fato, suas habilidades.

Et il avait oublié de se méfier de sa capacité à parler.

E ele havia se esquecido de desconfiar da sua capacidade de falar.

Mais il a néanmoins quitté la sécurité de sa chambre.

Mas, mesmo assim, ele deixou a segurança do seu quarto.

Et il se faufila par l'ouverture de la pièce.

E ele se impôs através da abertura do quarto.

Le directeur était déjà en train de descendre les escaliers.

O gerente já estava descendo as escadas.

Mais il s'accrochait à la rambarde à deux mains.

Mas ele estava se segurando no corrimão com as duas mãos.

Gregor tomba en se poussant à travers la porte.

Gregor caiu ao tentar passar pela porta.

Il laissa échapper un petit cri en cherchant un appui.

Ele soltou um pequeno grito enquanto buscava apoio.

Mais au lieu de paniquer, il a ressenti un bien-être physique.

Mas, em vez de entrar em pânico, ele sentiu um bem-estar físico.

Pour la première fois ce matin-là, quelque chose semblait juste.

Naquela manhã, pela primeira vez, algo pareceu certo.

Il avait désormais toutes les jambes bien ancrées au sol.

Todas as suas pernas agora tinham chão firme sob elas.

Il était surpris de constater à quel point il contrôlait bien ses jambes.

Ele ficou surpreso com a facilidade com que conseguia controlar as pernas.

Il était heureux de constater que ses jambes lui obéissaient parfaitement.

Ele ficou feliz ao perceber que suas pernas o obedeciam completamente.

En réalité, ses jambes le portaient partout où il le voulait.

Na verdade, suas pernas o levavam aonde ele quisesse.

Bientôt, tous ses chagrins allaient prendre fin.

Em breve, todas as suas tristezas chegariam ao fim.

Mais au même moment, sa propre mère se leva d'un bond.

Mas, naquele mesmo instante, sua própria mãe se levantou de um salto.

Ses bras étaient tendus et ses doigts écartés.
Seus braços estavam estendidos e seus dedos abertos.
Et elle s'est écriée : « Au secours ! Au nom de Dieu, que quelqu'un m'aide ! »
E ela gritou: "Socorro, pelo amor de Deus, alguém me ajude!"
Elle inclina la tête ; elle voulait mieux voir Gregor.
Ela inclinou a cabeça; queria ver Gregor melhor.
Mais contrairement à sa première action, elle est revenue en courant.
Mas, ao contrário da primeira ação, ela voltou correndo.
Elle avait oublié que la table était mise derrière elle.
Ela havia se esquecido de que a mesa estava posta atrás dela.
Tout ce qui était prévu pour le petit-déjeuner était encore sur la table.
Todos os itens para o café da manhã ainda estavam sobre a mesa.
Elle s'assit précipitamment sur la table, comme distraite.
Ela sentou-se apressadamente sobre a mesa, como se estivesse distraída.
Et elle n'a pas semblé remarquer le café renversé.
E ela pareceu não notar o café derramado.
Le café était maintenant en train d'imbiber la moquette.
O café que agora estava encharcando o tapete.
« Maman, maman », dit doucement Gregor en levant les yeux vers elle.
"Mãe, mãe", disse Gregor baixinho, olhando para ela.
Pour le moment, le manager ne lui importait pas.
Por ora, o treinador não lhe era importante.
Mais il y avait aussi le café qui coulait sur la moquette.
Mas também havia o café pingando no tapete.
Gregor n'a pas pu s'empêcher de claquer des dents devant le café.
Gregor não resistiu à tentação de estalar os dentes ao ver o café.
La mère se remit à pleurer à cause de son comportement.
A mãe começou a chorar novamente por causa do comportamento dele.

Elle a sauté de la table pour prendre ses distances avec lui.
Ela saltou da mesa para se distanciar dele.
Et elle s'est réfugiée dans les bras de son père.
E ela correu para os braços do pai, em busca de segurança.
Mais Gregor n'avait plus de temps à consacrer à ses parents.
Mas Gregor não tinha tempo a dedicar aos seus pais naquele momento.
L'agent habilité se trouvait déjà dans l'escalier.
O agente autorizado já estava na escada.
Il avait le menton appuyé sur la rambarde, pour regarder à l'intérieur de la maison.
Ele estava com o queixo apoiado no parapeito, olhando para dentro da casa.
Apparemment, il voulait jeter un dernier coup d'œil au spectacle.
Aparentemente, ele queria dar uma última olhada no espetáculo.
Et Gregor fit un dernier effort pour joindre le directeur.
E Gregor fez um último esforço para contatar o gerente.
Il courut vers la porte aussi prudemment qu'il le put.
Ele correu em direção à porta, da maneira mais segura que pôde.
Mais le chef de bureau devait se douter de quelque chose.
Mas o chefe de escritório deve ter suspeitado de algo.
Parce qu'il a descendu quelques marches et a disparu.
Porque ele pulou vários degraus e desapareceu.
« Hein ! » s'écria Gregor, sa voix résonnant dans la cage d'escalier.
"Hã!" gritou Gregor, com o eco ressoando pela escadaria.
La fuite du manager sembla également déconcerter son père.
A fuga do gerente também pareceu confundir seu pai.
Jusque-là, il était parvenu à garder son calme.
Até então, ele havia conseguido manter-se bastante calmo.
Mais malheureusement, lui aussi a perdu le sang-froid qu'il avait eu.
Mas, infelizmente, ele também perdeu a compostura que tinha.

Il aurait dû aider Gregor dans sa quête.
O que ele deveria ter feito era ajudar Gregor em sua busca.
Mais, d'une main, il saisit la canne du directeur.
Mas, com uma das mãos, ele agarrou a bengala do gerente.
Et dans l'autre main, il tenait maintenant un journal.
E na outra mão ele segurava um jornal.
Et il entravait désormais directement Gregor dans sa poursuite.
E agora ele atrapalhava diretamente Gregor em sua busca.
Il s'était placé entre Gregor et la rue.
Ele se colocou entre Gregor e a rua.
Il tapa du pied et agita le bâton et le journal.
Ele bateu os pés e agitou o bastão e o jornal.
Et il forçait activement Gregor à retourner dans sa chambre.
E ele estava ativamente forçando Gregor a voltar para o quarto.
Aucune des demandes formulées par Gregor n'a été utile.
Nenhum dos pedidos que Gregor tentou fazer surtiu efeito.
Parce qu'aucune de ses demandes n'a été comprise.
Porque nenhum dos pedidos que ele fez foi compreendido.
Il tourna la tête vers un angle plus profond et plus humble.
Ele virou a cabeça para um ângulo mais profundo e humilde.
Mais son père répondit en tapant du pied encore plus fort.
Mas seu pai respondeu batendo os pés ainda mais forte.
La mère ouvrit une fenêtre, malgré la fraîcheur ambiante.
A mãe abriu uma janela, apesar do tempo frio.
Et elle enfouit son visage dans ses mains froides.
E ela pressionou o rosto contra as mãos, sentindo o frio.
Le vent pouvait désormais traverser tout l'appartement.
O vento agora podia passar por todo o apartamento.
Un fort courant d'air soufflait de l'escalier vers la ruelle.
Uma forte corrente de ar soprava da escadaria para o beco.
Les rideaux claquaient sous l'effet du vent violent.
As cortinas foram agitadas pelo vento forte.
Et le journal posé sur la table bruissait dans le vent.
E o jornal sobre a mesa farfalhou ao vento.

Même des feuilles ont été soufflées à l'intérieur de la maison depuis l'extérieur.

Até mesmo algumas folhas foram trazidas pelo vento para dentro de casa, vindas de fora.

Le père tapa du pied et poussa sans relâche.

O pai bateu os pés e empurrou sem parar.

Et il sifflait et émettait des bruits comme un homme sauvage.

E ele sibilou e fez barulhos como um selvagem faria.

Mais Gregor ne s'était pas encore entraîné à marcher à reculons.

Mas Gregor ainda não tinha praticado andar para trás.

Même Gregor admettrait que ce mouvement était beaucoup plus lent.

Até Gregor admitiria que esse movimento era muito mais lento.

Tout ce qu'il souhaitait, c'était avoir la possibilité de faire demi-tour.

Mas tudo o que ele queria era a oportunidade de se virar.

Il serait alors allé directement dans sa chambre.

Então ele teria ido direto para o quarto dele.

Mais il avait trop peur d'impatienter son père.

Mas ele tinha muito medo de deixar o pai impaciente.

Et il y avait la menace d'un coup de bâton.

E havia a ameaça de um golpe com o bastão.

Un tel coup à l'arrière de la tête pourrait être fatal.

Um golpe desses na parte de trás da cabeça poderia ser fatal.

Mais finalement, Gregor n'avait pas d'autre choix.

Mas no fim, Gregor não teve outra escolha.

Il s'est rendu compte qu'il ne pouvait même plus marcher droit à reculons.

Ele percebeu que não conseguia nem andar para trás em linha reta.

Il commença à se retourner aussi vite qu'il le put.

Ele começou a se virar o mais rápido que pôde.

Mais en réalité, ce mouvement de rotation était tout aussi lent.

Mas, na realidade, esse movimento de rotação foi igualmente lento.

Et il fut suivi des regards anxieux du père.
E ele era seguido pelos olhares ansiosos do pai.

Peut-être le père avait-il remarqué les bonnes intentions de Gregor.
Talvez o pai tenha percebido as boas intenções de Gregor.

Parce qu'il ne l'a pas empêché de se retourner.
Porque ele não o impediu de se virar.

Il a même utilisé le bout de son bâton pour guider la rotation.
Ele chegou a usar a ponta do taco para guiar a rotação.

Mais Gregor aurait préféré que son père ne lui ait pas sifflé dessus !
Mas Gregor ainda desejava que o pai não tivesse sibilado para ele!

Le sifflement ne fit qu'ajouter à la confusion du moment.
O chiado só aumentou a confusão do momento.

Puis il a commis une erreur et a tourné dans la mauvaise direction.
E então ele cometeu um erro e virou para o lado errado.

Finalement, il a réussi à se tourner dans la bonne direction.
No fim, ele finalmente conseguiu se orientar para o caminho certo.

Et il était satisfait des progrès qu'il avait accomplis.
E ele ficou satisfeito com o progresso que havia feito.

Mais un autre problème est alors devenu encore plus évident.
Mas então o problema seguinte tornou-se ainda mais evidente.

Son corps était trop large pour passer facilement la porte.
Seu corpo era muito largo para passar facilmente pela porta.

Dans son état actuel, le père ne s'en est pas aperçu.
Em seu estado atual, o pai não percebeu isso.

Il ne lui vint donc pas à l'esprit d'ouvrir davantage la porte.
Por isso, não lhe ocorreu abrir mais a porta.

Il y aurait alors eu suffisamment de place pour Gregor.
Então haveria espaço suficiente para Gregor.

Sa seule priorité était de faire entrer Gregor dans sa chambre.

Sua única prioridade era levar Gregor para o quarto.

Il aurait dû se lever pour passer la porte.

Ele teria que ficar de pé para passar pela porta.

Mais le père n'aurait pas permis une telle manœuvre.

Mas o pai não teria permitido tal manobra.

En fait, il le sifflait encore plus sauvagement qu'avant.

Na verdade, ele estava sibilando para ele ainda mais furiosamente do que antes.

On aurait dit qu'il y avait plus d'un homme qui lui sifflait dessus.

Parecia ser mais do que apenas um homem sibilando para ele.

Ses revendications semblaient revêtir une nouvelle urgence.

Suas exigências pareciam ter ganhado uma nova urgência.

Il n'y avait vraiment plus de temps à perdre.

Realmente não havia mais tempo para brincadeiras.

Quoi qu'il arrive, Gregor devait franchir la porte.

Aconteça o que acontecer, Gregor tinha que passar por aquela porta.

Il s'est imposé sans aucun égard pour lui-même.

Ele se esforçou ao máximo sem qualquer consideração por si mesmo.

Un côté de son corps fut projeté vers le haut par le mouvement.

Um lado do seu corpo foi forçado para cima pelo movimento.

Et il était allongé de travers, maladroitement, dans l'embrasure de la porte.

E lá estava ele, deitado de forma desajeitada e torta, entre o batente da porta.

Un de ses flancs était à vif à cause du frottement contre le bois.

Um de seus flancos estava em carne viva devido ao atrito com a madeira.

Et il avait laissé des taches disgracieuses sur la porte peinte en blanc.

E ele havia deixado manchas feias na porta pintada de branco.

Les jambes d'un de ses côtés pendaient en tremblant dans le vide.

As pernas de um dos lados do corpo dele pendiam trêmulas no ar.

Ses autres jambes étaient douloureusement enfoncées dans le sol.

Suas outras pernas estavam pressionadas dolorosamente contra o chão.

Bientôt, il allait se retrouver complètement coincé entre la porte et le mur.

Em breve ele ficaria completamente preso entre a porta.

Et alors, il n'aurait plus pu bouger du tout.

E então ele não teria conseguido se mover de jeito nenhum.

Mais le père lui a donné une forte impulsion véritablement libératrice.

Mas o pai lhe deu um empurrão forte e verdadeiramente libertador.

Et il tomba, ensanglanté, loin dans sa chambre.

E ele caiu, sangrando muito, no fundo do seu quarto.

Le père claqua la porte derrière lui avec sa canne.

O pai bateu a porta atrás de si com a bengala.

Et puis, enfin, le calme et la tranquillité revinrent.

E então, finalmente, houve paz e tranquilidade novamente.

Deuxième partie
Parte Dois

Gregor ne s'est réveillé que bien plus tard dans la journée.
Gregor só acordou muito mais tarde naquele dia.
Le crépuscule était tombé ; il avait dormi profondément, inconsciemment.
O crepúsculo havia caído; ele dormira profundamente e inconsciente.
Il se serait réveillé même sans avoir été dérangé.
Ele teria acordado mesmo sem ser incomodado.
Parce qu'il se sentait suffisamment reposé et avait bien dormi.
Porque ele se sentia suficientemente descansado e havia dormido bem.
Mais il crut entendre quelques pas furtifs à l'extérieur.
Mas ele achou ter ouvido alguns passos fugazes do lado de fora.
Et quelqu'un aurait pu refermer soigneusement la porte d'entrée.
E alguém pode ter fechado a porta da frente com cuidado.
La lumière du tramway électrique se projetait faiblement au plafond.
A luz do bonde elétrico projetava-se pálida no teto.
Le dessus du meuble a également reçu un peu de lumière.
A parte superior do móvel também recebeu um pouco de luz.
Mais en bas, au niveau de Gregor, il faisait sombre.
Mas lá embaixo, no nível do solo, onde Gregor estava, estava escuro.
Ses jambes le poussèrent lentement de nouveau vers la porte.
Suas pernas o impulsionaram lentamente em direção à porta novamente.
Il était très curieux de voir ce qui s'était passé là-bas.
Ele estava muito curioso para ver o que tinha acontecido ali.
Mais le contrôle de ses antennes n'était pas encore développé.

Mas o controle que ele tinha sobre seus sentidos ainda não estava desenvolvido.

Bien qu'il ait commencé à apprécier ces nouveaux capteurs.

Embora ele tenha começado a apreciar esses novos sensores.

Une longue et disgracieuse cicatrice semblait lui barrer le flanc gauche.

Uma longa e desagradável cicatriz parecia percorrer seu lado esquerdo.

La cicatrice lui donnait l'impression de contracter ce côté de son corps.

A cicatriz dava a sensação de apertar aquele lado do corpo dele.

Il devait donc littéralement boiter en s'appuyant sur ses deux rangées de pattes.

E assim ele teve que literalmente mancar sobre suas duas fileiras de pernas.

L'une de ses jambes avait été grièvement blessée ce matin-là.

Uma de suas pernas havia sido gravemente ferida naquela manhã.

C'était vraiment un miracle qu'il ne se soit pas cassé plus de jambes.

Foi realmente um milagre ele não ter quebrado mais pernas.

Et il traîna donc sa jambe blessée, inerte, derrière lui.

E assim, ele arrastou a perna ferida sem vida atrás de si.

Lorsqu'il atteignit la porte, il réalisa quelque chose de profond.

Ao chegar à porta, ele percebeu algo profundo.

C'était l'odeur de quelque chose qui l'avait attiré là.

Foi o cheiro de algo que o atraiu para lá.

Quelque chose de comestible avait été laissé pour Gregor dans sa chambre.

Haviam deixado algo comestível para Gregor em seu quarto.

Des morceaux de pain blanc flottant dans un bol de lait sucré.

Pedaços de pão branco flutuando em uma tigela de leite doce.

Il pouvait à peine contenir la joie qui l'habitait.

Ele mal conseguia conter a alegria que o invadia.

Il avait encore plus faim maintenant que le matin.
Ele estava com ainda mais fome agora do que de manhã.
Il plongea aussitôt la tête dans le bol de lait.
Ele imediatamente mergulhou a cabeça na tigela de leite.
Le lait lui recouvrait presque toute la tête, jusqu'aux yeux.
O leite escorreu por quase toda a sua cabeça, até os olhos.
Mais il a rapidement retiré sa tête, amèrement déçu.
Mas logo recuou a cabeça, profundamente desapontado.
L'alimentation était difficile en raison de la fragilité de son côté gauche.
Comer era difícil devido à fragilidade do seu lado esquerdo.
Et il ne pouvait manger qu'en haletant de tout son corps.
E ele só conseguia comer ofegando com todo o corpo.
Mais ce n'était pas la véritable raison de sa déception.
Mas essa não era a verdadeira razão de sua decepção.
Le lait avait toujours été l'un de ses plats préférés.
O leite sempre fora um de seus pratos favoritos.
Il ne doutait pas que sa sœur s'en souvenait.
Ele não tinha dúvidas de que sua irmã se lembrava disso.
Et c'est pour cela qu'elle lui avait donné du lait.
E foi por essa razão que ela lhe deu leite.
Il n'a pas su expliquer pourquoi il n'aimait plus le lait.
Ele não conseguiu explicar por que agora não gostava de leite.
Et il se détourna du bol presque à contrecœur.
E ele se afastou da tigela quase com relutância.
Déçu, il retourna en rampant au milieu de la pièce.
Desapontado, ele rastejou de volta para o meio da sala.
De là, il pouvait voir à travers la fente de la porte.
Ali ele conseguiu ver através da fresta da porta.
Il pouvait voir que le feu était allumé dans le salon.
Ele pôde ver que a lareira na sala de estar estava acesa.
Habituellement, à cette heure-ci, le père lisait le journal.
Geralmente, a essa hora, o pai lia o jornal.
Il avait toujours l'habitude de lire à sa mère à voix haute.
Ele sempre lia para a mãe em voz alta.
Parfois, la sœur écoutait aussi les conversations du père.
Às vezes, a irmã também ouvia a conversa do pai.

**Elle avait toujours parlé à Gregor de ces lectures à voix
haute.**
Ela sempre contava a Gregor sobre essa leitura em voz alta.
Mais aujourd'hui, aucun son ne provenait de la pièce.
Mas hoje não se ouvia nenhum som vindo do quarto.
Peut-être cette habitude s'était-elle déjà perdue.
Talvez esse hábito já tivesse caído em desuso.
Un silence profond s'était installé dans tout l'appartement.
Um silêncio profundo tomou conta de todo o apartamento.
**Bien qu'il sût que l'appartement n'était certainement pas
vide.**
Embora ele soubesse que o apartamento certamente não
estava vazio.
« Quelle vie tranquille mène cette famille », pensa Gregor.
"Que vida tranquila essa família levava", pensou Gregor.
Et il fixa l'obscurité avec une grande fierté.
E ele fitou a escuridão com grande orgulho.
Il était fier de la vie qu'il avait pu leur offrir.
Ele tinha orgulho da vida que conseguira proporcionar a eles.
Il était fier du bel appartement qu'ils occupaient.
Ele tinha orgulho do belo apartamento em que moravam.
**Mais cette paix était-elle sur le point de connaître une fin
tragique ?**
Mas será que toda essa paz estava prestes a chegar a um fim
terrível?
Allait-on leur ravir leur prospérité ?
Será que a prosperidade deles seria tirada?
Leur bonheur était-il désormais incertain pour l'avenir ?
Será que a satisfação deles agora era incerta em relação ao
futuro?
Mais il ne voulait pas se perdre dans de telles pensées.
Mas ele não queria se perder em tais pensamentos.
Pour s'occuper, il grimpait et descendait les murs.
Para se manter ocupado, ele subia e descia pelas paredes.
Durant cette longue soirée, une porte était entrouverte.
Durante a longa noite, uma porta ficou entreaberta.
Et à un autre moment, l'autre porte s'ouvrit légèrement.

E em outra ocasião, a outra porta se abriu um pouco.

Mais à chaque fois, les portes se sont refermées aussitôt.

Mas nas duas vezes as portas foram fechadas rapidamente novamente.

De toute évidence, quelqu'un à l'extérieur souhaitait entrer.

Claramente, alguém de fora tinha o desejo de entrar.

Mais ils avaient aussi trop d'inquiétudes à l'idée de venir.

Mas eles também tinham muitas preocupações em relação à entrada.

Gregor s'arrêta alors net devant la porte du salon.

Gregor parou então em frente à porta da sala de estar.

Il était déterminé à trouver un moyen de tenter le visiteur hésitant.

Ele estava determinado a, de alguma forma, atrair o visitante hesitante.

Il voulait aussi savoir qui était le visiteur.

E ele também queria saber quem era o visitante.

Mais ce soir-là, la porte ne fut pas ouverte une troisième fois.

Mas naquela noite a porta não foi aberta uma terceira vez.

Et Gregor passa son temps à attendre en vain près de la porte.

E Gregor passou seu tempo esperando em vão junto à porta.

Plus tôt dans la journée, ils avaient tous voulu entrer dans la pièce.

Mais cedo naquele dia, todos eles queriam entrar na sala.

Maintenant que les portes étaient déverrouillées, ce serait plus facile pour eux.

Agora que as portas estavam destrancadas, seria mais fácil para eles.

Mais ils ont choisi de rester de l'autre côté de la pièce.

Mas eles optaram por ficar do outro lado da sala.

Gregor remarqua que les clés n'étaient plus dans leurs serrures.

Gregor percebeu que as chaves não estavam mais nas fechaduras.

Quelqu'un a dû déplacer les clés vers la serrure extérieure.

Alguém deve ter mexido nas chaves da fechadura externa.

Ce n'est que tard dans la nuit que la lumière du salon était éteinte.

A luz da sala de estar só era apagada tarde da noite.

La famille a dû rester éveillée tout ce temps.

A família deve ter ficado acordada durante todo esse tempo.

Et Gregor pouvait clairement les entendre s'éloigner sur la pointe des pieds.

E Gregor conseguia ouvi-los claramente se afastando na ponta dos pés.

Désormais, personne n'allait venir voir Gregor avant le lendemain matin.

Agora ninguém iria visitar Gregor antes da manhã seguinte.

Il eut donc tout le temps d'être seul, de réfléchir en toute tranquillité.

Assim, ele teve bastante tempo para si mesmo, para pensar sem ser perturbado.

Quelle serait la meilleure façon de réorganiser sa vie maintenant ?

Qual seria a melhor maneira de reorganizar a vida dele agora?

Mais les hauts murs de la pièce vide l'effrayaient.

Mas as paredes altas do quarto vazio o assustaram.

Il n'avait pas d'autre choix que de s'allonger à plat ventre sur le sol.

Ele não teve outra escolha senão deitar-se de bruços no chão.

Et il n'a jamais trouvé la cause de sa peur dans cet espace.

E ele nunca encontrou a causa do seu medo naquele espaço.

C'était la même pièce où il avait vécu pendant cinq ans.

Era o mesmo quarto em que ele havia morado por cinco anos.

Semi-consciemment, il fit un mouvement vers le canapé.

Meio inconscientemente, ele fez um movimento em direção ao sofá.

Et sans aucune honte, il se cacha sous le canapé.

E sem qualquer vergonha, escondeu-se debaixo do sofá.

Là-bas, il se sentit immédiatement de nouveau très à l'aise.

Lá embaixo, ele imediatamente se sentiu muito confortável novamente.

Bien que son dos soit un peu comprimé.

Apesar de suas costas estarem um pouco pressionadas.

Il ne pouvait plus non plus lever la tête sous le canapé.

Ele também não conseguia mais levantar a cabeça debaixo do sofá.

Mais même cela, il préférait éviter de se trouver dans un espace ouvert.

Mas mesmo assim ele preferia estar em qualquer área aberta.

Il regrettait toutefois que son corps soit si large.

No entanto, ele lamentava que seu corpo fosse tão largo.

Le canapé ne pouvait pas recouvrir entièrement son corps.

O sofá não conseguia cobrir completamente todo o seu corpo.

Il est resté sous le canapé toute la nuit.

Ele ficou debaixo do sofá a noite inteira.

Il passa la nuit à moitié endormi, troublé par sa faim.

A noite ele passou meio adormecido, perturbado pela fome.

Et le temps qu'il passait éveillé, il le consacrait soit à s'inquiéter, soit à espérer.

E o tempo que passava acordado, ele se dividia entre preocupações e esperanças.

Mais tous ses vagues espoirs menaient à la même conclusion.

Mas todas as suas vagas esperanças o levaram à mesma conclusão.

Il n'avait d'autre choix que de rester silencieux pour le moment.

Ele não teve outra escolha senão permanecer em silêncio por enquanto.

Il devait faire preuve de patience et de considération envers la famille.

Ele teve que demonstrar paciência e consideração para com a família.

C'était le seul moyen de rendre ce désagrément supportable.

Era a única maneira de tornar o inconveniente suportável.

Le désagrément qu'il imposait désormais à la famille.

O transtorno que ele agora estava causando à família.

Il n'a pas eu à attendre longtemps pour prouver sa compassion.

Ele não precisou esperar muito para demonstrar sua compaixão.

Tôt le matin, sa sœur jeta un coup d'œil dans sa chambre.

Logo de manhã cedo, a irmã olhou para dentro do quarto dele.

En réalité, c'était autant la nuit que le matin.

Embora, na verdade, fosse tanto noite quanto manhã.

Elle était entièrement habillée et semblait éprouver de l'excitation.

Ela estava completamente vestida e parecia demonstrar entusiasmo.

La solidité de sa décision nouvellement prise pourrait être mise à l'épreuve.

A solidez de sua decisão recém-tomada poderá ser posta à prova.

Elle ne l'a pas immédiatement repéré au premier coup d'œil.

Ela não o reconheceu imediatamente à primeira vista.

Il devait forcément être quelque part ; il n'aurait pas pu s'envoler.

Ele tinha que estar em algum lugar; não poderia ter simplesmente voado para longe.

Puis son regard parcourut une seconde fois la pièce.

Mas então seus olhos percorreram o cômodo uma segunda vez.

Et cette fois, elle a aperçu son torse sous le canapé.

E dessa vez ela avistou o torso dele debaixo do sofá.

Elle était si effrayée qu'elle a perdu tout contrôle d'elle-même.

Ela ficou tão assustada que perdeu completamente o autocontrole.

Et sa première réaction fut de claquer la porte à nouveau.

E sua primeira reação foi bater a porta novamente.

Mais elle a aussi semblé immédiatement regretter son comportement.

Mas ela também pareceu se arrepender imediatamente de seu comportamento.

Aussitôt qu'elle eut claqué la porte, elle la rouvrit.

Assim que bateu a porta, ela a abriu novamente.

Et cette fois, elle entra dans la pièce sur la pointe des pieds.
E desta vez ela entrou na sala na ponta dos pés, com cuidado.
Elle se déplaçait comme si elle rendait visite à une personne gravement malade.
Ela se movia como se estivesse visitando uma pessoa gravemente doente.
Ou bien elle rendait visite à un parfait inconnu.
Ou talvez ela estivesse visitando um completo estranho.
Gregor poussa sa tête presque jusqu'au bord du canapé.
Gregor encostou a cabeça quase na beirada do sofá.
Et, caché sous le coffre-fort, il l'observait dans la pièce.
E debaixo do cofre, ele a observava no quarto.
Allait-elle remarquer qu'il avait oublié le lait ?
Será que ela ia perceber que ele tinha deixado o leite?
Il n'avait pas laissé le lait par manque de faim.
Ele não havia deixado o leite por falta de fome.
Allait-elle lui apporter un autre plat ?
Será que ela ia trazer-lhe outra comida?
Peut-être un plat qui corresponde mieux à ses goûts.
Talvez um prato que se adequasse melhor às suas preferências.
Mais elle aurait dû remarquer elle-même son appétit.
Mas ela teria que ter notado o apetite dele por si mesma.
Il aurait préféré mourir de faim plutôt que de lui en parler.
Ele preferiria ter morrido de fome a deixá-la saber disso.
En réalité, il aurait beaucoup aimé le lui dire.
Na verdade, ele teria gostado muito de lhe contar.
Il était vraiment tenté de tirer sur lui depuis sous le canapé.
Ele ficou realmente tentado a sair correndo de debaixo do sofá.
Il avait envie de se jeter aux pieds de sa sœur.
Ele queria se jogar aos pés da irmã.
Et il voulait lui demander quelque chose de bon à manger.
E ele queria pedir a ela algo gostoso para comer.
Mais la sœur regarda alors le bol de lait.
Mas então a irmã olhou para a tigela de leite.
Elle remarqua aussitôt que le bol était encore plein.
Ela percebeu imediatamente que a tigela ainda estava cheia.

Elle était plutôt surprise que Gregor n'ait rien mangé.
Ela ficou bastante surpresa por Gregor não ter comido nada.
Seul un peu de lait avait été renversé sur le sol.
Apenas um pouco de leite havia sido derramado no chão.
Elle a aussitôt ramassé le bol et l'a emporté.
Ela imediatamente pegou a tigela e a levou para fora.
Il vit qu'elle ne ramassait pas le bol à mains nues.
Ele percebeu que ela não pegou a tigela com as mãos nuas.
Au lieu de cela, elle ramassa le bol à l'aide d'un des chiffons.
Em vez disso, ela pegou a tigela usando um dos panos.
Mais Gregor oublia très vite ce petit détail.
Mas Gregor esqueceu-se muito rapidamente desse pequeno
detalhe.
**Il était désormais beaucoup plus enthousiaste à propos
d'autre chose.**
Agora ele estava muito mais entusiasmado com outra coisa.
Qu'est-ce qu'elle pourrait apporter à la place du lait ?
O que ela poderia trazer para substituir o leite?
Il avait diverses idées sur ce qu'elle pourrait apporter.
Ele tinha várias ideias sobre o que ela poderia trazer.
Mais la gentillesse de sa sœur a dépassé ses espérances.
Mas a bondade de sua irmã superou suas expectativas.
Elle comprit qu'elle devait tester ses nouveaux goûts.
Ela percebeu que precisava testar quais eram seus novos
gostos.
Elle a donc apporté toute une sélection de plats différents.
Então ela trouxe uma grande variedade de comidas diferentes.
Légumes à moitié pourris, os du repas du soir.
Legumes meio podres, ossos da refeição da noite.
De la sauce solidifiée provenant de leur autre repas.
Molho solidificado da outra refeição que haviam comido.
**Quelques raisins secs, des amandes, du pain sec, du pain
beurré.**
Algumas passas, algumas amêndoas, pão seco, pão com
manteiga.
Du pain beurré et salé.
Um pão que tinha sido amanteigado e salgado.

Du fromage que Gregor avait déclaré immangeable il y a deux jours.
Queijo que Gregor havia declarado intragável dois dias antes.
Toute cette sélection de nourriture était disposée sur un journal.
Toda essa seleção de alimentos foi colocada em um jornal.
Elle a également placé un bol d'eau à côté de ses repas.
E ela também colocou uma tigela de água ao lado das refeições dele.
Elle savait que Gregor n'aurait pas mangé devant elle.
Ela sabia que Gregor não teria comido na frente dela.
Par respect pour lui, elle quitta de nouveau la pièce.
Então, por respeito a ele, ela saiu da sala novamente.
Et elle a même tourné la clé dans la serrure en partant.
E ela até girou a chave na fechadura ao sair.
Mais elle tourna la clé très doucement et avec précaution.
Mas ela girou a chave com muita calma e cuidado.
De cette façon, seul Gregor saurait que la porte était verrouillée.
Dessa forma, somente Gregor saberia que a porta estava trancada.
Il pouvait désormais s'installer aussi confortablement qu'il le souhaitait.
Agora ele podia se acomodar da maneira que quisesse.
Les jambes de Gregor s'agitaient frénétiquement à l'heure du repas.
As pernas de Gregor zumbiam quando chegou a hora de comer.
Il est à noter qu'il ne ressentait plus aucune gêne.
Vale ressaltar que ele não sentia mais nenhum desconforto.
Ses blessures doivent déjà être complètement guéries.
Suas feridas já devem ter cicatrizado completamente.
Parce qu'il ne ressentait plus ses anciens handicaps.
Porque ele já não sentia as suas deficiências anteriores.
Sa nouvelle capacité de guérison le surprit et l'émerveilla.
Sua nova capacidade de cura o surpreendeu e maravilhou.
Il y a plus d'un mois, il s'est coupé le doigt avec un couteau.

Há mais de um mês, ele cortou o dedo com uma faca.

Il y a encore deux jours, cette blessure le faisait souffrir.

Até dois dias atrás, aquela ferida ainda o incomodava.

« Suis-je beaucoup moins sensible maintenant ? » pensa-t-il.

"Será que agora sou muito menos sensível?", pensou ele consigo mesmo.

À ce moment-là, il suçait déjà goulûment le fromage.

A essa altura, ele já estava chupando o queijo com avidez.

Il était plus attiré par le fromage que par les autres aliments.

Ele se sentiu mais atraído pelo queijo do que pelos outros alimentos.

Il mangeait rapidement un morceau de fromage après l'autre.

Ele devorou rapidamente um pedaço de queijo após o outro.

Ses yeux s'embuèrent de satisfaction à la vue de ce goût.

Seus olhos lacrimejaram de satisfação ao prová-lo.

Après le fromage, il mangea les légumes et la sauce.

Depois do queijo, ele comeu os legumes e o molho.

Cependant, les aliments frais ne lui plaisaient pas.

A comida fresca, no entanto, não lhe agradou o sabor.

En fait, il ne supportait même pas l'odeur des aliments frais.

Na verdade, ele não suportava nem o cheiro de comida fresca.

Il a même éloigné les autres aliments des aliments frais.

Ele chegou a arrastar os outros alimentos para longe dos alimentos frescos.

Et il a très vite terminé la nourriture la plus comestible.

E muito rapidamente ele terminou a comida mais apetitosa.

Tous ces mets délicieux avaient un effet soporifique sur lui.

Toda aquela comida deliciosa teve um efeito soporífero sobre ele.

Et il s'allongea paresseusement à l'endroit où il avait mangé.

E ele ficou deitado preguiçosamente no lugar onde havia comido.

Finalement, sa sœur est revenue prendre de ses nouvelles.

Por fim, sua irmã voltou para ver como ele estava novamente.

Elle a eu la prévoyance de tourner la clé très lentement.

Ela teve a perspicácia de girar a chave bem devagar.

Cela a averti Gregor qu'il devait se retirer.

Isso serviu de aviso para Gregor, indicando que ele deveria se retirar.

Étourdi et surpris, il se précipita sous le canapé.

Atordoado e assustado, ele correu de volta para debaixo do sofá.

Mais rester sous le canapé n'était pas si facile cette fois-ci.

Mas ficar debaixo do sofá não foi tão fácil desta vez.

Son corps s'était un peu arrondi à cause de toute cette nourriture.

Seu corpo havia ficado um pouco arredondado por causa de toda a comida.

Et il devait se retenir pour ne pas s'épuiser à nouveau.

E ele teve que se controlar para não sair correndo de novo.

Même si la sœur n'est pas restée longtemps dans la chambre.

Embora a irmã não tenha permanecido muito tempo no quarto.

Il avait du mal à respirer dans cet espace étroit.

Ele estava com dificuldade para respirar naquele espaço estreito.

Mais il a surmonté ces petites crises d'étouffement.

Mas ele perseverou, apesar dos pequenos acessos de sufocamento.

Les yeux exorbités, il observait les agissements de sa sœur.

Com os olhos arregalados, ele observava as atividades da irmã.

La sœur, sans se douter de rien, a tout versé dans un seau.

A irmã, sem desconfiar de nada, despejou tudo em um balde.

Elle s'est non seulement débarrassée de la nourriture que Gregor n'avait pas mangée, mais elle l'a fait.

Ela não apenas se desfez da comida que Gregor não havia comido.

Mais elle jetait aussi la nourriture qu'il n'avait pas touchée.

Mas ela também se desfazia da comida que ele não tinha tocado.

Apparemment, cet aliment n'était plus comestible pour personne.

Aparentemente, aquela comida já não era comestível para ninguém.

Elle referma ensuite le seau à nourriture avec un couvercle en bois.

Em seguida, ela fechou o balde de comida com uma tampa de madeira.

Et avec la nourriture, le seau et la serpillière, elle est partie.

E com a comida, o balde e o esfregão, ela foi embora.

Gregor n'aurait pas pu attendre beaucoup plus longtemps.

Gregor não teria conseguido esperar muito mais tempo.

Dès qu'elle fut partie, il s'échappa de sous le canapé.

Assim que ela saiu, ele escapou debaixo do sofá.

Il s'étira et souffla de soulagement.

E ele se esticou e suspirou aliviado.

C'est ainsi que Gregor recevait de la nourriture de temps à autre.

Era assim que Gregor recebia comida de tempos em tempos.

Sa sœur lui a donné à manger une fois, tôt le matin.

Sua irmã lhe deu comida certa vez, bem cedinho pela manhã.

À cette heure-ci, les parents et la bonne dormaient encore.

A essa hora, os pais e a empregada ainda estavam dormindo.

Et il a reçu un deuxième repas après le déjeuner de tout le monde.

E ele recebeu uma segunda refeição depois que todos já haviam almoçado.

Car à ce moment-là, les parents dormaient aussi un peu.

Porque naquela hora os pais também dormiram um pouco.

Et la servante fut envoyée par la sœur faire une course.

E a empregada foi mandada pela irmã para fazer algum recado.

Ils n'avaient certainement aucune intention de laisser Gregor mourir de faim.

Eles certamente não tinham a intenção de deixar Gregor morrer de fome.

Mais ils n'auraient pas voulu le regarder manger non plus.

Mas eles também não gostariam de vê-lo comer.

Les informations fournies par la sœur étaient suffisantes.

As informações mencionadas pela irmã foram suficientes.
C'était peut-être sa façon d'épargner aux parents leur chagrin.
Talvez fosse a maneira que ela encontrou de poupar os pais do sofrimento.
Ils avaient déjà suffisamment souffert de ses actes.
Eles já haviam sofrido o suficiente com as ações dele.

Le premier jour s'estompait peu à peu dans les mémoires.
O primeiro dia estava lentamente se tornando uma lembrança distante.
Gregor n'avait aucun moyen de savoir ce qui s'était passé ce jour-là.
Gregor não tinha como saber o que aconteceu naquele dia.
Comment le serrurier a-t-il été conduit hors de l'appartement ?
Como o chaveiro foi conduzido para fora do apartamento?
Quelles excuses ont finalement satisfait le médecin ?
Com que desculpas o médico finalmente ficou satisfeito?
Il n'avait trouvé aucun moyen de se faire comprendre.
Ele não havia encontrado nenhuma maneira de se fazer entender.
Il n'a même pas réussi à communiquer avec sa sœur.
Ele nem sequer conseguiu se comunicar com a irmã.
Ils en conclurent donc qu'il ne pouvait pas les comprendre.
E assim eles pensaram que ele não os conseguia compreender.
C'est pourquoi aucun effort ne fut fait pour lui parler.
E, portanto, não foi feito nenhum esforço para falar com ele.
Sa sœur venait dans sa chambre tous les matins et à midi.
Sua irmã entrava em seu quarto todas as manhãs e na hora do almoço.
Mais il devait se contenter d'entendre ses soupirs.
Mas ele teve que se contentar em ouvir seus suspiros.
Plus tard, elle s'est un peu plus habituée à la forme de Gregor.
Mais tarde, ela acabou se acostumando um pouco mais com a postura de Gregor.

Et elle se sentait un peu plus libre de faire davantage de remarques.

E ela sentiu um pouco mais de liberdade para fazer mais comentários.

(Même si elle ne s'y habituerait jamais complètement.)

(Embora ela nunca tenha se acostumado completamente com ele.)

Et puis Gregor eut de nouveau l'impression qu'on lui parlait un peu plus.

E então Gregor sentiu que lhe falaram um pouco mais.

Et il a perçu ce qu'il considérait comme des commentaires amicaux.

E ele captou o que interpretou como comentários amigáveis.

"Il a apprécié son repas aujourd'hui", ou "il a tout mangé".

"Ele gostou da comida hoje", ou "ele comeu tudo".

Mais cela n'arrivait que lorsqu'il avait fini de manger.

Mas isso só aconteceu depois que ele já tinha comido toda a sua comida.

Mais récemment, cela devenait de plus en plus rare.

Mas, recentemente, isso tem se tornado cada vez menos frequente.

« Il touchait à peine à sa nourriture », disait-elle plus souvent maintenant.

"Ele quase não tocava na comida", ela dizia com mais frequência agora.

Et il y avait une pointe de tristesse dans sa voix à chaque fois.

E havia um toque de tristeza em sua voz a cada vez.

Gregor ne pouvait entendre aucune autre nouvelle plus directement.

Gregor não conseguiu ouvir nenhuma outra notícia de forma mais direta.

Mais il a entendu beaucoup de choses se dire dans les pièces voisines.

Mas ele ouviu muitas notícias vindas dos quartos ao lado.

Lorsqu'il a entendu des voix, il a couru vers la porte correspondante.

Ao ouvir vozes, ele correu para a porta correspondente.

Et il a plaqué tout son corps contre la porte pour entendre.

E ele pressionou todo o seu corpo contra a porta para ouvir.

Toutes les conversations le concernaient d'une manière ou d'une autre.

Todas as conversas o envolviam de alguma forma.

Même lorsque le sujet semblait porter sur autre chose.

Mesmo quando o assunto parecia ser outro.

Cette observation était particulièrement vraie au début.

Essa observação era especialmente verdadeira nos primeiros tempos.

À chaque repas, ils répétaient la même discussion.

Durante todas as refeições, eles repetiam a mesma conversa.

Ils ne savaient toujours pas comment se comporter en sa présence.

Eles ainda não tinham certeza de como se comportar perto dele.

Mais le même sujet a également été abordé entre les repas.

Mas o mesmo assunto também foi discutido entre as refeições.

Parce qu'il y avait toujours deux membres de la famille à la maison.

Porque sempre havia dois membros da família em casa.

Personne ne voulait rester seul à la maison.

Ninguém queria ficar sozinho em casa.

Mais laisser l'appartement vide était également hors de question.

Mas deixar o apartamento vazio também estava fora de questão.

La femme de ménage était la seule à ne pas être attachée à l'appartement.

A empregada doméstica era a única que não estava vinculada ao apartamento.

Elle avait déjà demandé à partir dès le premier jour.

Ela já havia pedido para ir embora no primeiro dia.

Elle s'est agenouillée et a supplié qu'on la renvoie.

Ela se ajoelhou e implorou para ser dispensada.

La famille ignorait l'étendue des connaissances de la bonne.

A família não sabia o quanto a empregada doméstica
realmente sabia.
À ce stade, elle n'en avait pas vu plus que quiconque.
Naquele momento, ela não tinha visto mais do que qualquer
outra pessoa.
Ce qui s'était passé restait un mystère pour la famille.
O que havia acontecido ainda era um mistério para a família.
Mais un quart d'heure plus tard, elle fit ses adieux.
Mas um quarto de hora depois ela se despediu.
Et elle a remercié la famille, les larmes aux yeux.
E ela agradeceu à família com lágrimas nos olhos.
Mais en réalité, elle les remerciait de l'avoir libérée.
Mas na verdade, ela os agradeceu por tê-la libertado.
**Ils semblaient lui avoir témoigné la plus grande
bienveillance.**
Eles pareciam ter demonstrado a maior gentileza para com ela.
Elle a même prêté serment, sans qu'on le lui demande.
Ela chegou até a fazer um juramento, sem que lhe pedissem.
Elle a dit qu'elle ne dirait à personne ce qui s'était passé.
Ela disse que não contaria a ninguém o que havia acontecido.
Désormais, la sœur devait cuisiner avec sa mère.
Agora a irmã tinha que cozinhar junto com a mãe.
Mais ce n'était pas vraiment un inconvénient majeur.
Mas isso não chegou a ser um grande inconveniente.
**Parce que de toute façon, ils n'avaient presque rien mangé
tous les deux.**
Porque, de qualquer forma, os dois quase não comeram nada.
Gregor surprenait sans cesse la même conversation.
Gregor ouvia repetidamente a mesma conversa.
L'un disait à l'autre qu'il devait manger davantage.
Uma pessoa dizia à outra que precisava comer mais.
**Mais cette personne n'a reçu aucune réponse de son
interlocuteur.**
Mas essa pessoa não recebeu resposta da outra.
« Merci, j'en ai assez », ou quelque chose de similaire.
"Obrigado, já tenho o suficiente", ou algo semelhante.
Peut-être qu'eux non plus ne buvaient plus rien.

Talvez eles também não bebessem mais nada.

Sa sœur demandait souvent à son père s'il voulait de la bière.

A irmã frequentemente perguntava ao pai se ele queria cerveja.

Et elle a proposé chaleureusement d'aller chercher la bière elle-même.

E ela se ofereceu gentilmente para buscar a cerveja ela mesma.

Le père gardait toujours le silence à sa demande.

O pai sempre permanecia em silêncio a pedido dela.

La sœur devait donc trouver un moyen de dissiper tout doute.

Então a irmã teve que encontrar uma maneira de dissipar qualquer dúvida.

Et elle a dit qu'elle enverrait la bonne chercher de la bière.

E ela disse que mandaria a empregada buscar cerveja.

Mais finalement, le père a dit un grand « non » retentissant.

Mas então o pai finalmente disse um sonoro e retumbante "não".

Puis, on n'a plus évoqué le fait qu'il boive une bière.

Então, o assunto de ele estar tomando uma cerveja deixou de ser mencionado.

Il avait déjà expliqué la situation financière auparavant.

Ele já havia explicado a situação financeira anteriormente.

En fait, il a évoqué les finances dès le premier jour.

Na verdade, ele mencionou finanças logo no primeiro dia.

Il leur a bien fait comprendre quelles étaient les perspectives.

Ele os deixou bem cientes das perspectivas.

Sa propre entreprise avait fait faillite il y a environ cinq ans.

Seu próprio negócio havia falido há cerca de cinco anos.

De temps en temps, il se levait pour quitter la table.

De vez em quando, ele se levantava para sair da mesa.

Et il se dirigea vers la caisse de son ancien commerce.

E ele foi até o caixa de seu antigo negócio.

Il avait conservé la caisse enregistreuse par sentimentalisme.

Ele havia guardado a caixa registradora por sentimentalismo.

Gregor l'entendit déverrouiller une serrure lourde et complexe.
Gregor ouviu-o destrancar uma fechadura pesada e complicada.
Et il sortit des reçus et des livres de comptes de la caisse.
E ele retirou recibos e livros da caixa registradora.
Après avoir pris les objets, il a refermé la caisse à clé.
Após retirar os objetos, ele trancou a caixa registradora novamente.
Gregor n'avait entendu aucune bonne nouvelle depuis son emprisonnement.
Gregor não recebera boas notícias desde sua prisão.
Il pensait que l'entreprise avait ruiné son père.
Ele achava que o negócio tinha levado seu pai à falência.
Le père avait certainement donné cette impression à Gregor.
O pai certamente havia passado essa impressão a Gregor.
Et Gregor ne lui a plus jamais posé de questions sur les finances.
E Gregor nunca mais lhe perguntou nada sobre as finanças.
Gregor voulait faire tout son possible pour aider la famille.
Gregor queria fazer tudo o que estivesse ao seu alcance para ajudar a família.
Il voulait les aider à oublier leurs difficultés financières.
Ele queria ajudá-los a esquecer o infortúnio nos negócios.
La faillite qui a engendré un désespoir total.
A falência que trouxe completo desespero.
Il s'est donc mis à travailler avec une passion toute particulière.
Então ele começou a trabalhar com uma paixão muito especial.
Il était devenu représentant de commerce itinérant presque du jour au lendemain.
Ele se tornou um vendedor viajante quase da noite para o dia.
Avant cela, il n'avait travaillé que comme commis mal payé.
Antes disso, ele trabalhava apenas como um escriturário mal remunerado.
Il avait désormais des opportunités de gains complètement différentes.

Agora ele tinha oportunidades de ganho completamente
diferentes.

**Les ventes réussies pouvaient être immédiatement
converties en liquidités.**

Vendas bem-sucedidas podem ser convertidas imediatamente
em dinheiro.

L'argent étant bien sûr versé sur ses commissions.

O dinheiro, claro, é pago através de suas comissões.

**Désormais, Gregor pouvait mettre de l'argent sur la table
familiale.**

Agora Gregor podia colocar dinheiro na mesa da família.

Et ils étaient étonnés et ravis de ses gains.

E eles ficaram admirados e felizes com seus ganhos.

Mais ces beaux moments ne se reproduiront plus.

Mas aqueles belos momentos não se repetirão.

Ils commençaient tout juste à s'habituer à cette période faste.

Eles tinham acabado de se acostumar com esses bons tempos.

À chaque paie, la famille acceptait l'argent avec gratitude.

A cada dia de pagamento, a família aceitava o dinheiro com
gratidão.

Et Gregor était tout aussi heureux de remettre l'argent.

E Gregor ficou igualmente feliz em entregar o dinheiro.

**Mais la chaleureuse affection qu'elle suscitait en retour s'est
peu à peu éteinte.**

Mas o afeto caloroso retribuído foi desaparecendo aos poucos.

Seule sa sœur restait aussi proche de Gregor qu'auparavant.

Apenas sua irmã permaneceu tão próxima de Gregor como
antes.

**Elle, contrairement à Gregor, avait une profonde
appréciation pour la musique.**

Ao contrário de Gregor, ela tinha um profundo apreço pela
música.

Et elle savait jouer du violon d'une manière très touchante.

E ela sabia tocar violino de uma forma muito comovente.

**Gregor avait secrètement prévu de l'envoyer dans une école
de musique.**

Gregor planejava secretamente enviá-la para uma escola de música.

Il n'avait pas encore décidé comment il réglerait les dépenses.

Ele ainda não havia decidido como pagaria as despesas.

Mais d'une manière ou d'une autre, il couvrirait les frais.

Mas, de um jeito ou de outro, ele cobriria os custos.

De temps en temps, Gregor et sa famille partaient en courts séjours.

Ocasionalmente, Gregor e a família faziam viagens curtas.

Gregor et sa sœur abordaient souvent ce sujet.

Gregor e a irmã frequentemente tocavam no assunto.

Mais cela n'a jamais été évoqué que comme une idée merveilleuse.

Mas isso só foi mencionado como uma ideia maravilhosa.

Ils ne croyaient pas vraiment que ce rêve puisse se réaliser.

Eles realmente não acreditavam que o sonho pudesse se realizar.

Et les parents n'appréciaient pas de telles ambitions fantaisistes.

E os pais não gostavam de ambições tão fantasiosas.

Même lorsque le sujet a été abordé de manière tout à fait innocente.

Mesmo quando o assunto foi levantado de forma totalmente inocente.

Mais Gregor continuait de penser à l'école de musique.

Mas Gregor continuou pensando na escola de música.

Et il prévoyait d'annoncer le cadeau la veille de Noël.

E ele planejava anunciar o presente na véspera de Natal.

Bien sûr, dans son état actuel, ce serait impossible.

É claro que, em seu estado atual, isso seria impossível.

Mais ce genre de pensées lui traversait l'esprit.

Mas esse tipo de pensamento lhe passava pela cabeça.

Et telles étaient les pensées qui lui traversaient l'esprit en écoutant sa famille.

E esses pensamentos o atormentavam enquanto ouvia a família.

Parfois, il était trop fatigué pour continuer à les écouter.
Às vezes, ele ficava tão cansado que não conseguia mais ouvi-
los.
Sa tête s'est affaissée contre la porte, rongée par la fatigue.
Sua cabeça caiu contra a porta, tomada pelo cansaço.
Mais il appuya aussitôt de nouveau sa tête contre la porte.
Mas ele imediatamente encostou a cabeça na porta novamente.
Car même le moindre bruit s'entendait à l'extérieur.
Porque até o menor ruído podia ser ouvido do lado de fora.
**Et le moindre bruit qu'il faisait plongeait la famille dans le
silence.**
E qualquer ruído que ele fizesse silenciava a família.
« Que fait-il maintenant ? » demanda le père à sa famille.
"O que ele está fazendo agora?", perguntou o pai à família.
Il alla à la porte pour vérifier d'où venait le bruit.
E ele foi até a porta para verificar o que era aquele barulho.
Puis la conversation interrompue a repris progressivement.
E então a conversa interrompida foi gradualmente retomada.
**Mais les paroles du père ont agréablement surpris tout le
monde.**
Mas o que o pai disse surpreendeu a todos positivamente.
Gregor apprit alors la véritable situation financière.
Gregor então tomou conhecimento da verdadeira situação
financeira da empresa.
Malgré tous ces malheurs, il y a eu aussi un peu de chance.
Apesar de todos os infortúnios, houve também alguma sorte.
Une petite fortune d'antan était encore là.
Uma pequena fortuna dos tempos antigos ainda estava lá.
Le père a expliqué les choses, mais a dû se répéter.
O pai explicou as coisas, mas teve que repeti-las.
**Parce qu'il ne s'était pas occupé de ces choses depuis un
certain temps.**
Porque ele não lidava com essas coisas há algum tempo.
Et parce que la mère ne comprenait pas de telles choses.
E porque a mãe não entendia essas coisas.
**Les taux d'intérêt de la banque avaient légèrement
augmenté.**

As taxas de juros do banco subiram um pouco.
L'argent non utilisé avait augmenté plus que prévu.
O dinheiro intocado aumentou mais do que o esperado.
De plus, Gregor leur avait toujours donné ses économies.
Além disso, Gregor sempre lhes dava suas economias.
Il n'avait jamais gardé que quelques florins pour lui-même.
Ele sempre havia guardado apenas alguns florins para si.
Et son argent n'avait pas été entièrement dépensé.
E o dinheiro dele também não tinha sido completamente
gasto.
Ensemble, ces sommes avaient constitué un petit capital.
Juntos, esse dinheiro havia se acumulado, formando um
pequeno capital.
**Gregor, derrière sa porte, hocha la tête avec enthousiasme à
la nouvelle.**
Gregor, atrás da porta, assentiu ansiosamente com a notícia.
**Il était ravi de cette prudence et de cette frugalité
inattendues.**
Ele ficou satisfeito com essa cautela e frugalidade inesperadas.
**Les fonds excédentaires auraient pu servir à rembourser la
dette.**
Os fundos excedentes poderiam ter sido usados para pagar a
dívida.
Ils n'auraient alors plus rien dû au patron.
Então eles não teriam mais nenhuma responsabilidade para
com o chefe.
Et Gregor aurait pu changer d'emploi bien plus tôt.
E Gregor poderia ter mudado de emprego muito antes.
**Mais la façon dont le père s'y était pris était bien meilleure
maintenant.**
Mas a forma como o pai organizou tudo ficou muito melhor
agora.
L'argent ne suffisait pas tout à fait pour vivre des intérêts.
O dinheiro não era suficiente para viver dos juros.
Et il a fallu mettre de l'argent de côté pour les urgences.
E era preciso reservar algum dinheiro para emergências.
Cela n'aurait suffi que pour un an ou deux.

Essa quantia seria suficiente apenas para um ou dois anos.

Cela signifiait que quelqu'un devait gagner de l'argent pour qu'ils puissent vivre.

Isso significava que alguém tinha que ganhar dinheiro para que eles pudessem viver.

Le père n'était pas malade et il était assez fort.

O pai não tinha problemas de saúde e era bastante forte.

Mais il était sans emploi depuis plus de cinq ans.

Mas ele estava desempregado há mais de cinco anos.

Et, du fait de son âge, il lui restait peu de confiance en lui.

E, devido à sua idade, restava-lhe pouca autoconfiança.

Il avait également pris beaucoup de poids ces derniers temps.

Ele também havia engordado bastante nos últimos tempos.

Sa vie avait toujours été ardue et infructueuse.

Sua vida sempre fora árdua e malsucedida.

Et c'étaient les premières vacances qu'il ait jamais prises.

E essas tinham sido as primeiras férias que ele já havia tirado.

Et, faute d'être occupé, il était devenu assez maladroit.

E, sem ter o que fazer, ele havia se tornado bastante desajeitado.

Ne serait-il pas préférable que la vieille mère gagne l'argent ?

Seria melhor se a mãe idosa ganhasse o dinheiro?

La vieille mère qui souffrait d'asthme.

A velha mãe que sofria de asma.

La vieille mère qui peinait à monter les escaliers.

A velha mãe que tinha dificuldade para subir as escadas.

La vieille mère qui passait son temps allongée sur le canapé.

A velha mãe que passava o tempo deitada no sofá.

La vieille mère qui préférait rester près de la fenêtre.

A velha mãe que preferia ficar junto à janela.

Pour qu'elle puisse reprendre son souffle quand elle en aurait besoin.

Para que ela pudesse recuperar o fôlego quando precisasse.

Ne serait-il pas préférable que ce soit la jeune sœur qui gagne l'argent ?

Seria melhor se a irmã mais nova ganhasse o dinheiro?
La sœur, qui à dix-sept ans n'était encore qu'une enfant.
A irmã, que aos dezessete anos ainda era apenas uma criança.
La sœur qui ne connaissait que quelques modestes plaisirs.
A irmã que tinha apenas alguns poucos prazeres modestos.
La sœur qui aimait surtout jouer du violon.
A irmã que gostava principalmente de tocar violino.
Elle savait que son mode de vie antérieur était très enviable ;
Ela sabia que seu estilo de vida anterior era muito invejável;
Bien s'habiller, faire la grasse matinée, aider à la maison.
Vestir-se bem, acordar tarde, ajudar nas tarefas domésticas.
La conversation tournait souvent autour de la nécessité de gagner de l'argent.
A conversa frequentemente girava em torno da necessidade de ganhar dinheiro.
Gregor était toujours le premier à lâcher la porte.
Gregor era sempre o primeiro a soltar a porta.
Cette conversation l'avait rempli de honte et de chagrin.
A conversa o deixou tomado por vergonha e tristeza.
Il se laissa donc tomber sur le canapé en cuir qui refroidissait.
Então ele se jogou no sofá de couro refrescante.
Et il passait souvent le reste de la nuit sur le canapé.
E muitas vezes ele passava o resto da noite no sofá.
Il ne dormait jamais vraiment sur le canapé, ni la nuit.
Ele nunca chegou a dormir no sofá, nem durante a noite.
Souvent, il se contentait de gratter le cuir pendant des heures.
Muitas vezes, ele simplesmente arranhava o couro por horas a fio.
D'autres fois, il poussait le fauteuil jusqu'à la fenêtre.
Outras vezes, ele empurrava a poltrona até a janela.
Cela a nécessité à lui seul beaucoup d'efforts de sa part.
Só isso já exigiu um grande esforço da parte dele.
Le fauteuil l'a aidé à ramper jusqu'au rebord de la fenêtre.
A poltrona o ajudou a rastejar até o parapeito da janela.
Et de là, il put s'appuyer contre la fenêtre.

E dali ele conseguiu se encostar na janela.

Il éprouvait un grand sentiment de liberté en faisant cela.

Ele costumava sentir uma grande sensação de liberdade fazendo isso.

Peut-être recherchait-il une sensation de liberté d'antan.

Talvez ele estivesse buscando alguma antiga sensação libertadora.

Mais sa vue n'était plus aussi perçante qu'avant.

Mas sua visão já não era tão nítida como antes.

Les objets situés à une certaine distance étaient flous et indistincts.

As coisas que estavam um pouco distantes ficavam desfocadas e indistintas.

Il ne pouvait plus voir l'hôpital de l'autre côté de la rue.

Ele já não conseguia ver o hospital do outro lado da rua.

Avant, il maudissait le paysage, maintenant il voulait le voir.

Antes ele amaldiçoava a vista, agora queria vê-la.

Il savait qu'il habitait dans la paisible Charlottenstrasse, en pleine ville.

Ele sabia que morava na tranquila e urbana Charlottenstrasse.

Mais il a peut-être cru qu'il regardait vers le désert.

Mas talvez ele tenha pensado que estava olhando para o deserto.

Un désert où le ciel gris et la terre grise se confondaient.

Um deserto onde o céu cinzento e a terra cinzenta se fundiam.

La sœur attentive remarqua à deux reprises que la chaise avait bougé.

Por duas vezes, a irmã atenta percebeu que a cadeira havia se movido.

Après avoir rangé, elle a repoussé la chaise vers la fenêtre.

Depois de arrumar, ela empurrou a cadeira de volta para a janela.

Et désormais, elle laissait même la fenêtre ouverte.

E a partir de então, ela passou a deixar até a janela aberta.

Gregor aurait vraiment souhaité pouvoir parler à sa sœur.

Gregor desejava muito ter podido falar com sua irmã.

Il voulait la remercier pour tout ce qu'elle avait fait pour lui.

Ele queria agradecer a ela por tudo o que ela fez por ele.

Il aurait alors plus facilement toléré leurs services.

Então ele teria tolerado os serviços deles com mais facilidade.

Mais en l'état actuel des choses, il souffrait de son aide.

Mas, como as coisas estavam, ele sofreu com a ajuda dela.

La sœur, bien sûr, a tenté de dissimuler la gêne.

A irmã, naturalmente, tentou disfarçar o constrangimento.

Et elle faisait de son mieux pour feindre de ne pas se sentir accablée.

E ela fez o possível para fingir que não se sentia sobrecarregada.

Bien sûr, c'est quelque chose qu'elle devait d'abord pratiquer.

É claro que isso era algo que ela precisava praticar primeiro.

Et plus le temps passait, plus elle devenait douée.

E quanto mais o tempo passava, melhor ela ficava nisso.

Mais Gregor eut également plus de temps pour constater sa supercherie.

Mas Gregor também teve mais tempo para perceber a farsa dela.

Même son entrée dans sa chambre était une épreuve pour lui.

Até mesmo a entrada dela em seu quarto era uma provação para ele.

Dès qu'elle est entrée, elle a couru directement vers la fenêtre.

Assim que entrou, correu diretamente para a janela.

Elle n'a même pas pris le temps de fermer la porte.

Ela nem sequer se deu ao trabalho de fechar a porta.

Normalement, elle épargnait à tout le monde la vue de la chambre de Gregor.

Normalmente, ela poupava a todos da visão do quarto de Gregor.

Et elle ouvrit brusquement la fenêtre d'un geste rapide.

E ela abriu a janela com um puxão rápido das mãos.

Puis elle reprit sa respiration comme si elle avait suffoqué.

Então ela respirou fundo novamente, como se estivesse sufocando.

L'air qui entrait était froid, et elle respira profondément.

O ar que entrava estava frio, e ela respirou fundo.

Mais elle resta néanmoins un moment près de la fenêtre.

Mas, mesmo assim, ela permaneceu junto à janela por um tempo.

Elle effrayait Gregor deux fois par jour avec ce rituel.

Com essa rotina, ela assustava Gregor duas vezes por dia.

Pendant qu'elle était dans la pièce, il tremblait sous le canapé.

Enquanto ela estava na sala, ele tremia debaixo do sofá.

Il savait qu'elle aurait aimé lui épargner cette épreuve.

Ele sabia que ela teria preferido poupá-lo desse sofrimento.

Mais elle ne pouvait pas rester dans la pièce avec la fenêtre fermée.

Mas ela não podia ficar no quarto com a janela fechada.

Il y a eu une fois où elle est arrivée un peu plus tôt.

Houve uma vez em que ela chegou um pouco mais cedo.

Probablement environ un mois après la transformation de Gregor.

Provavelmente cerca de um mês após a transformação de Gregor.

Elle s'était plus ou moins habituée à sa nouvelle apparence.

Ela já havia se acostumado, em certa medida, com sua nova aparência.

Elle n'avait donc plus aucune raison d'être particulièrement choquée.

Portanto, ela não tinha mais motivos para ficar particularmente chocada.

Elle le trouva toujours immobile, le regard fixé par la fenêtre.

Ela o encontrou ainda olhando pela janela, imóvel.

Il se trouvait dans le pire endroit où il aurait pu être.

Ele estava no pior lugar possível.

Il n'aurait pas été surpris si elle n'était pas entrée.

Ele não teria ficado surpreso se ela não tivesse entrado.

Il l'empêcha d'ouvrir la fenêtre.
Onde ele a impediu de abrir a janela.
Elle quitta rapidement la pièce et ferma la porte.
Ela saiu rapidamente do quarto novamente e fechou a porta.
Un étranger aurait pu tirer toutes sortes de conclusions.
Um estranho poderia ter chegado a todo tipo de conclusão.
Peut-être attendait-il simplement l'occasion de la mordre.
Talvez ele estivesse apenas esperando a oportunidade de
mordê-la.
Gregor, bien sûr, s'est immédiatement caché sous le canapé.
Gregor, é claro, imediatamente se escondeu debaixo do sofá.
Mais il dut attendre midi pour que sa sœur revienne.
Mas ele teve que esperar até o meio-dia para que sua irmã
retornasse.
Et elle semblait beaucoup plus agitée que d'habitude.
E ela parecia muito mais inquieta do que o normal.
Il réalisa que sa vue lui était encore insupportable.
Ele percebeu que vê-lo ainda lhe era insuportável.
Sa vue allait lui rester insupportable.
A visão dele continuaria sendo insuportável para ela.
**Elle ne pouvait probablement pas supporter de le voir,
même partiellement.**
Provavelmente, ela não suportaria ver nenhuma parte dele.
Une petite partie dépassait toujours de sous le canapé.
Uma pequena parte sempre ficava visível debaixo do sofá.
Un jour, il transporta un drap sur son dos jusqu'au canapé.
Certo dia, ele carregou um lençol nas costas até o sofá.
Il voulait lui épargner de voir quoi que ce soit de lui.
Ele queria evitar que ela visse qualquer parte dele.
Il arrangea le drap de façon à ce qu'il soit entièrement caché.
Ele arrumou o lençol de forma que ficasse completamente
escondido.
Même si elle se baissait, elle ne pourrait pas le voir.
Mesmo que ela se abaixasse, não conseguiria vê-lo.
L'opération a pris à Gregor plus de trois heures.
Todo o processo levou mais de três horas para Gregor.
Elle a peut-être pensé que le drap était inutile.

Ela pode ter pensado que o lençol era desnecessário.
Elle aurait su qu'il ne voulait pas du drap.
Ela teria sabido que ele não queria o lençol.
Il le faisait pour son confort, et non pour lui-même.
Ele estava fazendo isso para o conforto dela, e não para o seu próprio.
Et elle aurait pu enlever le drap si elle l'avait voulu.
E ela poderia ter tirado o lençol se quisesse.
Mais elle laissa le drap là où Gregor l'avait mis.
Mas ela deixou o lençol onde Gregor o havia colocado.
Et Gregor crut même avoir aperçu un regard reconnaissant.
E Gregor chegou a pensar que tinha captado um olhar de gratidão.
Il avait doucement soulevé le drap avec sa tête.
Ele levantou delicadamente o lençol com a cabeça.
Il voulait savoir si sa sœur appréciait cet arrangement.
Ele queria ver se a irmã gostava do acordo.

Les deux premières semaines ont été les plus difficiles pour les parents.
As duas primeiras semanas foram as mais difíceis para os pais.
Ils n'ont pas eu le courage d'entrer et de le voir.
Eles não conseguiam se obrigar a entrar e vê-lo.
Il a surpris plusieurs de leurs conversations à cette époque.
Ele ouviu muitas das conversas deles naquela época.
Ils ont pleinement reconnu tout ce que faisait la sœur.
Eles reconheceram plenamente tudo o que a irmã estava fazendo.
Même s'ils étaient souvent agacés par elle.
Embora muitas vezes se irritassem com ela.
Parce qu'elle semblait être une fille un peu inutile.
Porque ela parecia ser uma garota um tanto inútil.
C'étaient maintenant eux qui attendaient de l'autre côté de la pièce.
Agora eram eles que esperavam do outro lado da sala.
Et c'est elle qui est entrée dans la pièce pour tout faire.
E foi ela quem entrou no quarto para fazer tudo.

Dès qu'elle est sortie, ils ont voulu tout savoir.
Assim que ela saiu, eles quiseram saber de tudo.
Elle a dû leur décrire précisément l'aspect de la pièce.
Ela teve que descrever exatamente como era o quarto.
« Qu'est-ce que Gregor a mangé ? Comment s'est-il comporté cette fois-ci ? »
"O que Gregor comeu? Como ele se comportou desta vez?"
«Y avait-il peut-être une légère amélioration à constater ?»
"Havia, talvez, alguma ligeira melhoria a ser notada?"
La mère, d'ailleurs, était en réalité plus courageuse.
Aliás, a mãe foi, na verdade, mais corajosa.
Et bien sûr, c'était son propre fils qui se trouvait dans la pièce.
E, claro, era o próprio filho dela que estava dentro do quarto.
Elle souhaitait en fait rendre visite à Gregor assez rapidement.
Na verdade, ela queria visitar Gregor relativamente em breve.
Mais au départ, son père et sa sœur l'ont retenue.
Mas o pai e a irmã inicialmente a impediram.
Ils ont avancé des arguments très rationnels pour qu'elle n'y aille pas.
Eles apresentaram argumentos muito racionais para que ela não fosse.
Gregor écouta très attentivement leur raisonnement.
Gregor escutou com muita atenção o raciocínio deles.
Et il acceptait ce raisonnement autant que sa mère.
E ele aceitou o raciocínio tanto quanto sua mãe.
Plus tard, cependant, il a fallu la retenir par la force.
Mais tarde, porém, ela teve que ser contida à força.
«Laissez-moi entrer voir Gregor, c'est mon malheureux fils !»
"Deixem-me entrar para falar com Gregor, ele é meu filho, infelizmente!"
« Tu ne comprends pas que je dois aller le voir ? »
"Você não entende que eu preciso ir vê-lo?"
Gregor fut également convaincu par les arguments de sa mère.
Gregor também foi convencido pelos argumentos de sua mãe.

Peut-être avait-elle raison ; ce serait bien qu'elle vienne.
Talvez ela tivesse razão; seria bom se ela entrasse.
Le voir tous les jours serait beaucoup trop lourd.
Visitar ele todos os dias seria demais.
Mais le voir une fois par semaine suffirait peut-être.
Mas vê-lo talvez uma vez por semana seja suficiente.
Elle pourrait comprendre les choses bien mieux que sa sœur.
Ela talvez entenda as coisas muito melhor do que a irmã.
Malgré tout son courage, elle n'était encore qu'une enfant.
Apesar de toda a sua coragem, ela ainda era apenas uma criança.
Peut-être une insouciance enfantine l'a-t-elle poussée à entreprendre cette tâche.
Talvez uma imprudência infantil a tenha levado a aceitar a tarefa.
Mais le souhait de Gregor de revoir sa mère se réalisa bientôt.
Mas o desejo de Gregor de ver sua mãe logo se realizou.
Durant la journée, Gregor se tenait à l'écart de la fenêtre.
Durante o dia, Gregor mantinha-se afastado da janela.
Il a agi ainsi par égard pour ses parents.
Ele fez isso por consideração aos seus pais.
Il n'avait pas beaucoup de place pour ramper sur le sol.
Ele não tinha muito espaço para rastejar pelo chão.
Il avait du mal à rester immobile pendant la nuit.
Ele tinha dificuldade em ficar imóvel durante a noite.
Manger ne lui procurait plus le moindre plaisir.
Comer já não lhe dava o menor prazer.
Bien sûr, il devait trouver un moyen de se distraire.
É claro que ele precisava encontrar alguma forma de se distrair.
Pour se divertir, il grimpait et descendait les murs.
Para se entreter, ele subia e descia pelas paredes.
Et il rampait aussi le long du plafond, la tête en bas.
E ele também rastejou pelo teto, de cabeça para baixo.
Il était particulièrement heureux lorsqu'il était suspendu au plafond.

Ele ficava especialmente feliz quando estava pendurado no teto.

C'était complètement différent de s'allonger par terre.

Era completamente diferente de estar deitado no chão.

Il trouvait qu'il respirait beaucoup plus facilement dans cette position.

Ele achou muito mais fácil respirar nessa posição.

Une légère mais agréable vibration parcourut son corps.

Uma vibração leve, porém agradável, percorreu seu corpo.

Parfois, il se laissait même trop aller à son bonheur.

Às vezes, ele se entregava até demais à sua felicidade.

Il lui arrivait d'être distrait et de lâcher prise du plafond.

Às vezes ele se distraía e se soltava do teto.

Et à sa propre surprise, il atterrit de nouveau sur le sol.

E, para sua própria surpresa, ele pousou de volta no chão.

Mais il maîtrisait bien mieux son corps qu'auparavant.

Mas ele tinha muito mais controle sobre o próprio corpo do que antes.

Ainsi, il ne se blessait plus lors de chutes aussi importantes.

Então ele não se machucou com quedas tão grandes desta vez.

Sa sœur remarqua immédiatement le nouveau plaisir de Gregor.

A irmã percebeu imediatamente o novo prazer de Gregor.

Et on retrouvait des traces de colle là où il avait rampé.

E havia vestígios de adesivo por onde ele havia rastejado.

Là encore, la sœur pensa au bien-être de Gregor.

Mais uma vez, a irmã pensou no bem-estar de Gregor.

Il apprécierait peut-être d'avoir plus d'espace pour ramper.

Talvez ele gostasse de ter mais espaço para rastejar.

Et l'idée s'est fermement ancrée dans son esprit.

E a ideia se fixou firmemente em sua mente.

Certains meubles volumineux entravaient sa liberté de mouvement.

Alguns dos móveis grandes impediam sua livre movimentação.

Il ne travaillait plus, il n'avait donc plus besoin du bureau.

Ele não trabalhava mais, então não precisava mais da mesa.

Et la boîte prenait plus de place que nécessaire. ***
E a caixa ocupava mais espaço do que o necessário. ***
La sœur n'était pas en mesure de déplacer ces choses seule.
A irmã não conseguiu mover essas coisas sozinha.
Bien sûr, elle n'osait pas demander de l'aide à son père.
É claro que ela não se atreveu a pedir ajuda ao pai.
La bonne ne l'aurait certainement pas aidée non plus.
A empregada doméstica certamente também não a teria
ajudado.
**La nouvelle femme de ménage était en réalité un an plus
jeune qu'elle.**
A nova empregada doméstica era, na verdade, um ano mais
nova do que ela.
**Elle avait courageusement endossé le rôle de l'ancienne
bonne.**
Ela havia assumido corajosamente o papel da antiga
empregada doméstica.
Mais il y avait un privilège auquel elle tenait absolument.
Mas havia um privilégio que ela insistia em ter.
Elle voulait que la cuisine reste verrouillée en permanence.
Ela queria manter a cozinha trancada o tempo todo.
**La sœur n'avait donc pas d'autre choix que de demander à sa
mère.**
Então a irmã não teve outra escolha senão perguntar à mãe.
La mère est venue à son secours en poussant des cris de joie.
Com gritos de alegria e entusiasmo, a mãe veio ajudar.
Mais elle se tut devant la porte de la chambre de Gregor.
Mas ela ficou em silêncio à porta do quarto de Gregor.
La sœur a vérifié que tout était en ordre dans la chambre.
A irmã verificou se estava tudo bem no quarto.
**Gregor avait tiré précipitamment encore plus fort sur le
drap.**
Gregor puxou o lençol com ainda mais força, apressadamente.
Bien que le drap-housse paraisse encore disposé au hasard.
Embora o lençol ainda parecesse arrumado aleatoriamente.
Et ce n'est qu'alors qu'elle laissa sa mère entrer dans la pièce.
É só então ela deixou sua mãe entrar no quarto.

Gregor s'abstint également d'espionner sous le drap.

Gregor também se absteve de espiar por baixo do lençol.

Il a décidé de ne pas voir sa mère cette fois-ci.

Ele decidiu não visitar a mãe desta vez.

Gregor était déjà content qu'elle soit venue.

Gregor ficou bastante contente por ela ter aparecido.

«Entrez, vous ne pouvez pas le voir», dit la sœur.

"Entre, você não pode vê-lo", disse a irmã.

Gregor supposa qu'elle tenait sa mère par la main.

Gregor supôs que ela conduzia a mãe pela mão.

Puis il entendit les deux femmes, faibles, déplacer les meubles.

Então ele ouviu as duas mulheres fracas movendo os móveis.

La sœur semblait s'attribuer la majeure partie du travail.

A irmã parecia ter ficado com a maior parte do trabalho para si.

Sa mère craignait qu'elle ne s'épuise.

Sua mãe temia que ela se esforçasse demais.

Mais la sœur n'a prêté aucune attention à ces avertissements.

Mas a irmã não deu atenção a esses avisos.

Mais même après quinze minutes, les progrès étaient très lents.

Mas mesmo após quinze minutos o progresso era muito lento.

Ils n'avaient pas réussi à déplacer les meubles très loin.

Eles não conseguiram mover os móveis muito longe.

Ils commençaient lentement à ressentir un sentiment de défaite.

Eles estavam lentamente começando a sentir uma sensação de derrota.

La mère fut la première à reconnaître l'inutilité de la démarche.

A mãe foi a primeira a admitir a futilidade da situação.

« Il vaudrait peut-être mieux laisser la boîte ici. »

"Talvez fosse melhor deixar a caixa aqui."

« Le carton est trop lourd pour que nous puissions le déplacer plus loin. »

"A caixa é pesada demais para que possamos movê-la muito mais longe."

« Et nous n'aurons pas terminé avant l'arrivée de votre père. »

"E não terminaremos antes da chegada do seu pai."

« Laisser la boîte ici lui barrerait encore plus le passage. »

"Deixar a caixa aqui só bloquearia ainda mais o caminho dele."

« Et pouvons-nous être sûrs de lui rendre service ? »

"E podemos ter certeza de que estamos lhe fazendo um favor?"

Ils commencèrent à penser que le contraire pourrait bien être vrai.

Eles começaram a pensar que o oposto poderia muito bem ser verdade.

La vue du mur vide lui pesait lourdement sur le cœur.

A visão da parede vazia pesava muito em seu coração.

Qui nous dit que Gregor ne ressentirait pas la même chose ?

Quem garante que Gregor não se sentiria da mesma forma?

«Il est déjà habitué aux meubles de sa chambre.»

"Ele já está acostumado com os móveis do quarto dele."

«Il pourrait se sentir encore plus abandonné dans une pièce vide.»

"Ele pode se sentir ainda mais abandonado em um quarto vazio."

À ce moment-là, sa voix s'était presque réduite à un murmure.

A essa altura, sua voz já havia se reduzido quase a um sussurro.

Elle ignorait en réalité où se trouvait exactement Gregor.

Na verdade, ela não sabia o paradeiro exato de Gregor.

Elle ne voulait même pas qu'il entende sa voix.

Ela não queria que ele sequer ouvisse o som da sua voz.

Bien qu'elle fût certaine qu'il ne la comprenait pas.

Embora ela tivesse certeza de que ele não a entendia.

« N'aurait-on pas l'impression de l'avoir complètement abandonné ? »

"Não pareceria que desistimos completamente dele?"

«N'aura-t-il pas l'impression qu'on le laisse se débrouiller seul ?»

"Ele não vai se sentir como se o estivéssemos o deixando para lidar com isso sozinho?"

«Nous devrions laisser la pièce exactement comme elle était.»

"Devemos deixar a sala exatamente como a encontramos."

« Gregor finira par nous revenir comme avant. »

"Eventualmente, Gregor voltará para nós como era antes."

«Alors il constatera que tout est encore à sa place.»

"Então ele verá que tudo ainda está em seu devido lugar."

« Et il oubliera beaucoup plus facilement la période intermédiaire. »

"E ele esquecerá o período intermediário com muito mais facilidade."

En entendant ces mots, Gregor réalisa quelque chose.

Ao ouvir essas palavras, Gregor percebeu algo.

Son esprit était devenu confus au cours des deux derniers mois.

Sua mente ficou confusa nos últimos dois meses.

Le manque d'interactions humaines ne lui avait pas fait de bien.

A falta de interação humana não lhe tinha feito bem.

Il avait vraiment besoin de la vie monotone au sein de sa famille.

Ele realmente precisava da vida monótona em meio à sua família.

Pourquoi aurait-il formulé une demande aussi absurde autrement ?

Por que mais ele faria uma exigência tão absurda?

Quel sens pouvait-il y avoir à vider sa chambre ?

Que sentido fazia esvaziar o quarto dele?

La chambre confortable est meublée de meubles hérités.

O quarto aconchegante, mobiliado com móveis herdados.

Pourquoi voudrait-il transformer cette chaleur familière en une grotte ?

Por que ele iria querer transformar esse calor conhecido em uma caverna?

Une grotte où il pouvait ramper en toute tranquillité dans toutes les directions.

Uma caverna onde ele pudesse rastejar em todas as direções em paz.

Mais une grotte où il oublia rapidement son passé humain.

Mas uma caverna na qual ele rapidamente esqueceu seu passado humano.

Il se demandait s'il était déjà sur le point d'oublier.

Ele se perguntou se já estava perto de esquecer.

La voix de sa mère l'avait secoué et lui avait fait se souvenir.

A voz de sua mãe o fizera recordar.

La voix qu'il n'avait pas entendue depuis si longtemps.

A voz que ele não ouvia há tanto tempo.

Il ne fallait rien enlever ; tout devait rester.

Nada deveria ser removido; tudo tinha que ficar.

Le mobilier a eu un effet positif sur son état.

Os móveis tiveram um efeito positivo em seu estado de saúde.

Et il ne pouvait pas s'en sortir sans ce lien avec le passé.

E ele não conseguiria lidar com a situação sem essa âncora que o ligava ao passado.

Les meubles l'empêchaient de ramper sans but.

Os móveis o impediam de rastejar sem rumo.

Mais ce n'était pas une perte ; c'était au contraire un grand avantage.

Mas isso não foi uma perda; pelo contrário, foi uma grande vantagem.

Malheureusement, sa sœur avait un avis très différent.

Infelizmente, a irmã tinha uma opinião muito diferente.

Elle était en quelque sorte devenue la porte-parole de Gregor.

Ela havia se tornado, de certa forma, porta-voz de Gregor.

Bien sûr, son opinion n'était pas totalement injustifiée.

É claro que a opinião dela não era totalmente injustificada.

Mais l'opinion de sa mère devait être contredite ici.

Mas a opinião da mãe dela teve que ser contestada nesse ponto.

Il ne s'agissait plus seulement d'enlever la boîte.

Não era apenas a caixa que agora precisava ser removida.

Son bureau et son armoire ne pouvaient pas rester en place non plus.

Sua escrivaninha e o guarda-roupa também não poderiam ficar.

La seule chose indispensable était le canapé.

A única coisa indispensável era o sofá.

Elle n'a pas pris cette décision par simple rébellion enfantine.

Ela não tomou essa decisão apenas por rebeldia infantil.

Ce n'était pas non plus sa confiance en soi récemment acquise.

Também não foi a autoconfiança que ela adquiriu recentemente.

La nouvelle confiance qu'elle avait acquise lui a permis de travailler si dur pour gagner.

A nova confiança que ela adquiriu a motivou a trabalhar tanto para vencer.

Même si personne ne s'attendait à ce qu'elle y parvienne.

Embora ninguém esperasse que ela fosse capaz de fazê-lo.

Gregor avait vraiment besoin de beaucoup d'espace pour ramper.

Gregor realmente precisava de muito espaço para rastejar.

Le mobilier ne faisait que réduire l'espace dont il disposait.

Os móveis apenas limitavam o espaço disponível.

Elle était capable de mieux voir ces choses que sa mère.

Ela conseguia enxergar essas coisas melhor do que a mãe.

Mais peut-être que son esprit romantique a aussi joué un rôle.

Mas talvez seu espírito romântico também tenha desempenhado um papel.

Les filles de cet âge acquièrent souvent un certain enthousiasme.

Meninas dessa idade costumam desenvolver um certo entusiasmo.

Et ils éprouvent le besoin d'obtenir ce qu'ils veulent chaque fois qu'ils le peuvent.

E eles sentem necessidade de conseguir o que querem sempre que podem.

C'est peut-être pour cela qu'elle voulait le saboter en secret.

Talvez seja por isso que ela queria sabotá-lo secretamente.

Il est encore plus terrifiant lorsqu'il rampe sur les murs.

Ele é ainda mais assustador quando rasteja pelas paredes.

Les parents n'osaient plus entrer dans la pièce.

Os pais não se atreveriam mais a entrar no quarto.

Elle serait véritablement la seule à prendre soin de son frère.

Ela seria, de fato, a única responsável pelos cuidados do irmão.

Elle ne laissa pas sa mère la persuader du contraire.

Ela não se deixou convencer pelo contrário.

La mère de Gregor se sentait déjà mal à l'aise dans la pièce.

A mãe de Gregor já se sentia desconfortável no quarto.

Elle cessa bientôt de parler et aida de nouveau sa fille.

Ela logo parou de falar e voltou a ajudar a filha.

Avec leurs forces restantes, ils ont enlevé l'armoire.

Com as forças que lhes restavam, eles removeram o guarda-roupa.

La commode, il pouvait s'en passer.

A cômoda era algo de que ele podia prescindir.

Mais le bureau allait devoir rester en place pour le moment.

Mas a escrivaninha teria que ficar por enquanto.

Pendant l'absence des femmes, il tenta d'évaluer la pièce.

Enquanto as mulheres estavam fora, ele tentou avaliar o quarto.

Et Gregor passa la tête sous le canapé.

E Gregor colocou a cabeça para fora de debaixo do sofá.

Il devait voir ce qu'il pouvait faire face à la situation.

Ele precisava ver o que podia fazer em relação à situação.

Mais il a été aussi prudent et attentionné que possible.

Mas ele foi o mais cuidadoso e atencioso possível.

Malheureusement, c'est la mère qui est revenue la première.
Infelizmente, foi a mãe quem voltou primeiro.
Grete était encore en train de déplacer l'armoire dans la pièce voisine.
Grete ainda estava movendo o guarda-roupa para o quarto ao lado.
Mais la mère n'était pas habituée à la vue de Gregor.
Mas a mãe não estava acostumada a ver Gregor.
Un simple aperçu de lui aurait pu la rendre malade.
Um simples olhar para ele já a teria deixado doente.
Gregor recula précipitamment jusqu'à l'autre bout du canapé.
Gregor recuou apressadamente até a outra extremidade do sofá.
Mais il ne pouvait pas reculer et maintenir le drap en équilibre.
Mas ele não conseguiu se mover para trás e equilibrar o lençol.
Ce mouvement suffit à attirer l'attention de la mère.
O movimento foi suficiente para chamar a atenção da mãe.
Elle marqua une pause et resta immobile un bref instant.
Ela fez uma pausa e ficou imóvel por um breve instante.
Puis elle se retourna et sortit de la pièce.
Então ela se virou e saiu do quarto.
Gregor se répétait sans cesse que rien d'inhabituel ne s'était produit.
Gregor repetia para si mesmo que nada de incomum havia acontecido.
« Ce ne sont que quelques meubles qui ont été emportés. »
"São apenas alguns móveis que foram retirados."
Mais il dut bientôt admettre que ces événements l'avaient affecté.
Mas ele logo teve que admitir que os acontecimentos o afetaram.
Les femmes disaient tout ce qu'elles faisaient.
As mulheres vinham relatando tudo o que estavam fazendo.
Ils faisaient des allers-retours dans la pièce.
Eles estavam andando de um lado para o outro na sala.

Le bruit des meubles qui grattent le sol.
O arrastar de todos os móveis no chão.
Il avait l'impression d'être assailli de toutes parts.
Ele sentia como se estivesse sendo atacado por todos os lados.
Il replia sa tête et ses jambes aussi fort qu'il le put.
Ele encolheu a cabeça e as pernas o máximo que pôde.
De toutes ses forces, il plaqua son corps au sol.
Com toda a sua força, ele pressionou o corpo contra o chão.
Il savait qu'il ne pourrait pas supporter tout cela encore longtemps.
Ele sabia que não conseguiria suportar tudo aquilo por muito mais tempo.
Ils ont vidé sa chambre et ont pris tout ce qu'il aimait.
Eles esvaziaram o quarto dele e levaram tudo o que ele amava.
Ils avaient déjà pris la boîte contenant tous ses outils.
Eles já haviam levado a caixa que continha todas as suas ferramentas.
Ils étaient en train de déloger son lourd bureau du sol.
Agora estavam a retirar a sua pesada secretária do chão.
Le bureau sur lequel il avait travaillé en rentrant du travail.
A mesa em que ele havia trabalhado depois de voltar do trabalho.
Le bureau sur lequel il avait noté ses missions professionnelles.
A escrivaninha onde ele anotava suas tarefas de trabalho.
Le bureau sur lequel il avait fait ses devoirs au collège.
A escrivaninha onde ele fazia a lição de casa no ensino médio.
Oui, il avait déjà eu ce bureau à l'école primaire.
Sim, ele já tinha essa carteira na escola primária.
Il n'a vraiment pas eu le temps de vérifier leurs bonnes intentions.
Ele realmente não teve tempo para confirmar as boas intenções deles.
Bien qu'il ait presque oublié leur présence.
Embora ele quase tivesse esquecido que eles estavam lá.
Parce qu'ils travaillaient en silence, épuisés.
Porque estavam trabalhando em silêncio, devido ao cansaço.

Ils étaient trop fatigués pour annoncer leurs mouvements maintenant.
Estavam demasiado cansados para anunciar os seus movimentos naquele momento.
Il n'entendait que leurs lourds pas sur le sol.
Tudo o que ele ouviu foram os passos pesados deles no chão.
À ce moment précis, ils étaient appuyés contre la boîte.
Naquele exato momento, eles estavam encostados na caixa.
Et c'est alors que Gregor est sorti de sous le canapé.
E foi nesse momento que Gregor saiu de debaixo do sofá.
Il a changé de direction à quatre reprises.
Ele mudou a direção em que estava correndo quatro vezes.
Il n'arrivait pas à se décider quel objet sauver en premier.
Ele não conseguia decidir qual item precisava ser salvo primeiro.
Soudain, son attention fut attirée par le mur vide.
Subitamente, sua atenção foi atraída para a parede vazia.
Ils ne lui avaient laissé que la photo de la dame en fourrure.
Tudo o que lhe deixaram foi a foto da senhora de casaco de pele.
Il rampa jusqu'à la photo pour coller son corps contre le sien.
Ele rastejou até a foto para pressionar o corpo contra o dela.
Et son corps masquait complètement la vue de la photo.
E seu corpo cobria completamente a visão da imagem.
Le verre le soutenait et apaisait son ventre brûlant.
O copo o sustentava e confortava sua barriga quente.
On ne pouvait plus lui enlever cette photo.
Essa foto não podia mais ser tirada dele.
Puis il tourna la tête vers la porte du salon.
Então ele virou a cabeça em direção à porta da sala de estar.
Il allait les regarder retourner dans la pièce.
Ele ia observar enquanto as mulheres retornavam ao quarto.
Et ils ne se reposèrent pas longtemps avant de revenir.
E não descansaram muito antes de voltarem novamente.
Grete avait le bras autour de sa mère pour l'aider à marcher.
Grete estava com o braço em volta da mãe para ajudá-la a caminhar.

« Que prenons-nous maintenant ? » demanda Grete en regardant autour d'elle.

"O que vamos levar agora?", disse Grete, olhando em volta.

À ce moment précis, son regard croisa celui de Gregor.

Nesse exato momento, o olhar dela encontrou o de Gregor.

Malgré le choc, elle a gardé son sang-froid.

Apesar do choque, ela manteve a calma.

Probablement uniquement à cause de la présence de sa mère.

Provavelmente apenas por causa da presença de sua mãe.

Elle pencha le visage vers sa mère, lui cachant la vue.

Ela inclinou o rosto em direção à mãe, cobrindo sua visão.

Et puis elle dit, d'une voix tremblante et sans réfléchir :

E então ela disse, embora trêmula e sem pensar:

«Allez, on ne devrait pas retourner au salon ?»

"Vamos lá, não deveríamos voltar para a sala de estar?"

Gregor comprenait aisément les intentions de sa sœur.

Gregor conseguia entender facilmente as intenções da irmã.

Sa priorité absolue était de mettre sa mère en sécurité.

Sua primeira prioridade era levar sua mãe para um lugar seguro.

Mais ensuite, elle allait le poursuivre depuis le mur.

Mas depois ela ia persegui-lo até ele, fazendo-o descer do muro.

« Eh bien, elle peut toujours essayer ! » pensa Gregor.

"Bem, ela certamente pode tentar!" pensou Gregor consigo mesmo.

Il s'assit fermement sur son tableau et ne le lâcha pas.

Ele sentou-se firmemente sobre a foto e não a largou.

Il aurait préféré sauter au visage de sa sœur.

Ele preferia ter pulado na cara da irmã.

Mais les paroles de Grete avaient encore plus inquiété sa mère.

Mas as palavras de Grete preocuparam ainda mais sua mãe.

Elle s'écarta pour voir ce qu'on lui cachait.

Ela deu um passo para o lado para ver o que estava sendo escondido dela.

Et elle vit la tache brune sur le papier peint à fleurs.

E ela viu a mancha marrom no papel de parede florido.

Et elle a crié avant même de réaliser que c'était Gregor.

E ela gritou antes mesmo de perceber que era Gregor.

« Oh mon Dieu ! » hurla-t-elle en tendant les bras.

"Ai, meu Deus!", ela gritou com os braços estendidos.

Et elle s'est effondrée sur le canapé comme si elle avait renoncé.

E ela caiu no sofá como se tivesse desistido.

« Gregor ! » cria sa sœur en levant le poing.

"Gregor!" gritou a irmã para ele com o punho erguido.

Et elle lui lança un regard long, dur et pénétrant.

E ela lançou-lhe um olhar longo, intenso e penetrante.

C'était la première fois qu'elle lui parlait directement.

Essa foi a primeira vez que ela falou diretamente com ele.

Elle a couru dans la pièce voisine pour aller chercher des sels d'ammoniaque.

Ela correu para o quarto ao lado para pegar sais de cheiro.

Elle devait ramener sa mère à la conscience.

Ela teve que trazer sua mãe de volta à consciência.

Gregor voulait aider, il pourrait sauvegarder la photo plus tard.

Gregor queria ajudar, ele poderia salvar a foto mais tarde.

Mais il s'était solidement collé à la vitre.

Mas ele havia ficado completamente preso ao vidro.

Il a donc dû s'arracher à ce point en utilisant beaucoup de force.

Então ele teve que se desvencilhar usando muita força.

Il courut lui aussi dans la pièce voisine, où se trouvait sa sœur.

Ele também correu para o quarto ao lado, onde estava a irmã.

Autrefois, il aurait pu lui donner quelques conseils.

Antigamente, ele poderia ter lhe dado alguns conselhos.

Mais à présent, il ne pouvait rien faire d'autre que rester là, impuissant, et regarder.

Mas agora ele não podia fazer nada além de ficar parado, assistindo.

Elle fouilla dans le tiroir, ouvrant diverses bouteilles.
Ela vasculhou a gaveta, abrindo várias garrafas.
Et il lui faisait encore peur quand elle se retournait.
E ele ainda a assustava quando ela se virava.
Une bouteille est tombée par terre, s'est cassée et a éclaté.
Uma garrafa caiu no chão, quebrou e estilhaçou.
Un éclat de verre a frappé Gregor au visage et l'a blessé.
Um estilhaço de vidro atingiu o rosto de Gregor e o feriu.
La bouteille contenait une sorte de liquide caustique.
A garrafa continha algum tipo de líquido cáustico.
Et maintenant, le liquide corrosif brûlait le visage de Gregor.
E agora o líquido corrosivo queimava o rosto de Gregor.
Sa sœur, cependant, n'avait pas de temps à consacrer à Gregor pour le moment.
A irmã, no entanto, não tinha tempo para Gregor naquele momento.
Elle ramassa autant de bouteilles qu'elle put.
Ela recolheu o máximo de garrafas que conseguiu.
Et elle est retournée en courant vers sa mère avec les médicaments.
E ela correu de volta para sua mãe com o remédio.
Elle claqua la porte du pied, empêchant Gregor d'entrer.
Ela bateu a porta com o pé, impedindo Gregor de entrar.
Il était désormais coupé de sa mère, potentiellement mourante.
Ele agora estava separado de sua mãe, que possivelmente estava à beira da morte.
S'il ouvrait la porte, il chasserait sa sœur.
Se ele abrisse a porta, expulsaria a irmã.
Mais bien sûr, elle devait rester pour s'occuper de sa mère.
Mas é claro que ela teve que ficar para cuidar da mãe.
Il ne pouvait plus rien faire d'autre qu'attendre.
Não havia nada que ele pudesse fazer agora a não ser esperar por eles.
Rongé par les remords et l'anxiété, il se mit à ramper.
Atormentado por auto-reprovação e ansiedade, ele começou a engatinhar.

Il rampait partout : sur les murs, les meubles, le plafond.
Ele rastejou por toda parte: paredes, móveis, teto.
Il avait l'impression que toute la pièce tournait autour de lui.
Ele sentiu como se o quarto inteiro estivesse girando ao seu redor.
Finalement, désespéré et pris de vertiges, il retomba.
Finalmente, em desespero e com tontura, ele caiu para trás.
Et il est tombé directement sur la grande table de la salle à manger.
E ele caiu bem em cima da grande mesa de jantar.
Il resta allongé là un certain temps, engourdi et incapable de bouger.
Ele passou algum tempo deitado ali, dormente e incapaz de se mover.
Il était épuisé par tout ce que cette journée lui avait apporté.
Ele estava exausto por tudo o que aquele dia lhe havia reservado.
Le silence régnait partout, mais c'était peut-être bon signe.
Havia silêncio por toda parte, mas talvez isso fosse um bom sinal.
Puis, brisant le silence, la sonnette retentit à l'extérieur.
Então, rompendo o silêncio, a campainha tocou.
La bonne, bien sûr, s'était enfermée dans sa cuisine.
A empregada, naturalmente, havia se trancado na cozinha.
La sœur était donc la seule à pouvoir ouvrir la porte.
Então, somente a irmã podia abrir a porta.
« Que s'est-il passé ? » fut la première question du père.
"O que aconteceu?" foi a primeira coisa que o pai perguntou.
L'apparence de Grete lui avait probablement tout dit.
A aparência de Grete provavelmente lhe disse tudo.
La voix de Grete devint étouffée et monotone tandis qu'elle parlait.
A voz de Grete tornou-se abafada e monótona enquanto ela falava.
Elle a dû enfouir son visage contre la poitrine de son père.
Ela deve ter pressionado o rosto contra o peito do pai.

« Maman était inconsciente, mais elle va mieux maintenant.
»

"Minha mãe estava inconsciente, mas agora está se sentindo melhor."

« Gregor s'est échappé », a-t-elle ajouté, ce à quoi il s'attendait.

"Gregor escapou", acrescentou ela, o que ele já esperava.

« Je vous l'ai toujours dit, il allait s'échapper un jour. »

"Eu sempre te disse que ele ia escapar um dia."

« Mais vous, les femmes, vous ne vouliez pas m'écouter, n'est-ce pas ? »

"Mas vocês, mulheres, não quiseram me ouvir, não é?"

Gregor comprit rapidement comment son père verrait les choses.

Gregor logo percebeu como seu pai enxergava as coisas.

Il avait mal interprété le message trop bref de Grete.

Ele havia interpretado mal a mensagem excessivamente breve de Grete.

Il supposa que Gregor avait commis un acte de violence.

Ele presumiu que Gregor havia cometido algum ato de violência.

Gregor devait trouver un moyen d'apaiser son père d'une manière ou d'une autre.

Gregor precisava encontrar uma maneira de apaziguar seu pai de alguma forma.

Parce qu'il n'avait pas le temps de lui expliquer les choses.

Porque ele não teve tempo de explicar as coisas para ele.

Mais de toute façon, il n'aurait pas été capable d'expliquer les choses.

Mas de qualquer forma ele não teria conseguido explicar as coisas.

Il s'est donc enfui vers la porte et s'y est plaqué.

Então ele correu para a porta e se encostou nela.

Ainsi, son père pourrait le voir depuis l'antichambre.

Dessa forma, seu pai poderia vê-lo da antessala.

Et il pourrait constater qu'il avait les meilleures intentions.

E ele seria capaz de perceber que tinha as melhores intenções.

Il n'était pas nécessaire de le repousser avec un balai.
Não havia necessidade de empurrá-lo com uma vassoura.
Il aurait suffi que le père ouvre la porte.
Bastava o pai abrir a porta.
Mais il n'était pas d'humeur à remarquer de telles subtilités.
Mas ele não estava com vontade de notar tais sutilezas.
« Te voilà ! » s'exclama-t-il dès qu'il entra.
"Aqui está você!" exclamou ele, assim que entrou.
C'était comme s'il était à la fois en colère et heureux.
Era como se ele estivesse zangado e feliz ao mesmo tempo.
Il recula la tête et leva les yeux vers son père.
Ele recuou a cabeça e olhou para o pai.
Il n'avait pas imaginé son père debout là, dans cette position.
Ele jamais imaginara seu pai parado ali daquela forma.
Mais ces derniers temps, il s'était trouvé une nouvelle distraction.
Mas, recentemente, ele havia encontrado uma nova distração.
Ramper occupait désormais une grande partie de sa journée.
Rastejar agora ocupava grande parte do seu dia.
Auparavant, il se tenait au courant de toutes les nouvelles dans l'appartement.
Antes, ele ficava sabendo de todas as novidades do apartamento.
Mais ces derniers temps, il n'y avait pas prêté beaucoup d'attention.
Mas ultimamente ele não vinha prestando muita atenção.
Il aurait dû se préparer à faire face aux changements.
Ele deveria ter estado preparado para enfrentar mudanças.
Pour autant, cet homme qui se tenait devant lui était-il encore son père ?
No entanto, aquele homem à sua frente ainda era o pai?
Était-ce le même homme qui avait l'habitude de rester allongé, fatigué, dans son lit ?
Seria ele o mesmo homem que costumava ficar deitado, cansado, na cama?
Alors que Gregor était déjà parti en voyage d'affaires.
Quando Gregor já havia partido em uma viagem de negócios.

Était-ce le même homme qui le saluait le soir ?

Era o mesmo homem que o cumprimentava à noite?

Lorsqu'il était en robe de chambre, dans son fauteuil.

Quando ele estava de roupão em sua poltrona.

Était-ce le même homme qui n'avait pas pu se lever pour l'accueillir ?

Era o mesmo homem que não conseguiu se levantar para recebê-lo?

Restant assis, il leva le bras en signe de joie.

Então, permanecendo sentado, ele ergueu o braço em sinal de alegria.

Était-ce le même homme avec qui il faisait parfois des promenades ?

Era o mesmo homem com quem ele costumava passear ocasionalmente?

Exceptionnellement : quelques dimanches par an, ou les jours fériés.

Em raras ocasiões: alguns domingos por ano ou feriados.

Était-ce le même homme qui marchait, enveloppé dans son pardessus ?

Era ele o mesmo homem que caminhava, envolto em seu sobretudo?

S'est-il lentement avancé, entre la mère et lui ?

Será que ele avançou lentamente, entre ele e a mãe?

Et ils marchaient déjà lentement à cause de lui.

E eles já estavam andando devagar por causa dele.

Mais à présent, cet homme se tenait droit et fort.

Mas agora esse homem estava de pé, forte e ereto.

Il portait un uniforme bleu à boutons dorés.

Ele vestia um uniforme azul com botões dourados.

Les badges que portent les employés des institutions bancaires.

Botões usados pelos funcionários das instituições bancárias.

Au-dessus du col rigide, son double menton prononcé se dessinait.

Acima da gola rígida, destacava-se seu queixo duplo e proeminente.

Sous ses sourcils broussailleux, ses yeux noirs fixaient le vide.

Por baixo das sobrancelhas espessas, seus olhos negros fitavam o observador.

À présent, ses yeux paraissaient perçants, frais et alertes.

Agora seus olhos pareciam penetrantes, frescos e alertas.

Les cheveux blancs, auparavant ébouriffés, étaient désormais peignés.

Os cabelos brancos, antes desgrenhados, foram penteados para baixo.

Et ses cheveux étaient désormais coiffés d'une raie centrale méticuleuse.

E agora seu cabelo tinha uma risca central meticulosamente definida.

Il jeta son chapeau, orné d'un monogramme en or.

Ele atirou o chapéu, que tinha um monograma dourado.

Il s'agissait probablement du monogramme de la banque pour laquelle il travaillait.

Provavelmente era o monograma do banco onde ele trabalhava.

Et le chapeau atterrit sur le canapé, pour être rangé plus tard.

E o chapéu caiu no sofá, para ser guardado mais tarde.

Il repoussa le bas de sa longue veste d'uniforme.

Ele empurrou para trás a barra da longa jaqueta do uniforme.

Et il mit ses pouces dans les poches de son pantalon.

E ele colocou os polegares nos bolsos das calças.

Puis, le visage sombre, il s'avança vers Gregor.

E então, com semblante sombrio, caminhou em direção a Gregor.

Il ne savait probablement même pas ce qu'il comptait faire.

Ele provavelmente nem sabia o que pretendia fazer.

Mais il leva néanmoins les pieds exceptionnellement haut.

Mas, mesmo assim, ele levantou os pés de uma altura incomum.

Gregor était stupéfait par la taille énorme de ses bottes.

Gregor ficou admirado com o tamanho enorme de suas botas.

Mais il n'y avait vraiment pas le temps de s'extasier devant ses chaussures.
Mas, na verdade, não havia tempo para admirar seus sapatos.
Le père avait opté pour une discipline très stricte.
O pai havia decidido por uma disciplina muito rígida.
Seule la plus grande sévérité convenait à Gregor.
Somente a maior severidade era apropriada para Gregor.
Il le savait dès le premier jour de sa transformation.
Ele sabia disso desde o primeiro dia de sua transformação.
Il courut vers son père et s'arrêta quand celui-ci s'arrêta.
Ele correu até seu pai e parou quando este parou.
Il se précipita de nouveau vers lui lorsqu'il bougea à nouveau.
Ele correu em sua direção novamente quando este se moveu mais uma vez.
Le père marqua une pause, et Gregor fit de même.
O pai fez uma pausa por um instante, e Gregor também.
Et il se précipita de nouveau en avant dès que son père eut bougé.
E assim que seu pai se moveu, ele avançou novamente.
Ils firent ainsi plusieurs fois le tour de la pièce.
Dessa forma, eles deram várias voltas em torno da sala.
Aucun avantage décisif n'avait encore été obtenu par qui que ce soit.
Ninguém havia ainda obtido uma vantagem decisiva.
On n'aurait pas pu avoir l'impression d'une poursuite.
Não dava para ter a impressão de que se tratava de uma perseguição.
Parce que tout l'événement se déroulait beaucoup trop lentement.
Porque todo o evento estava acontecendo muito lentamente.
Gregor avait décidé de rester au sol.
Gregor havia decidido que ficaria no chão.
Il aurait pu courir le long des murs et du plafond.
Ele poderia ter corrido pelas paredes e pelo teto.
Mais il ne voulait pas provoquer inutilement le père.
Mas ele não queria provocar o pai desnecessariamente.

Une telle évasion aurait pu paraître particulièrement perverse.
Tal fuga poderia ter parecido particularmente perversa.
Gregor admit que cette poursuite ne pourrait pas durer beaucoup plus longtemps.
Gregor admitiu que essa perseguição não poderia durar muito mais tempo.
Chaque étape nécessitait une myriade de mouvements.
Cada passo exigia uma infinidade de movimentos.
Il commençait déjà à avoir le souffle court.
Ele já começava a sentir falta de ar.
Même avant cela, il n'avait jamais eu des poumons totalement fiables.
Mesmo antes disso, ele nunca teve pulmões totalmente confiáveis.
Il avançait en titubant, économisant ses forces pour la course.
Ele cambaleou, guardando suas forças para a corrida.
Il était si fatigué qu'il avait du mal à garder les yeux ouverts.
Ele estava tão cansado que mal conseguia manter os olhos abertos.
Ses pensées étaient devenues trop lentes pour qu'il puisse envisager d'autres solutions.
Seus pensamentos ficaram lentos demais para que ele pudesse pensar em outras formas de escapar.
Il avait presque oublié que les murs étaient à sa disposition.
Ele quase havia se esquecido de que as paredes estavam à sua disposição.
Mais les murs étaient de toute façon dissimulés derrière des meubles.
Mas as paredes estavam escondidas atrás dos móveis de qualquer forma.
Et les meubles avaient trop d'encoches et de saillies.
E os móveis tinham muitos recortes e saliências.
Et puis, juste à côté de lui, en roulant, il y avait une pomme.
E então, bem ao lado dele, rolando, havia uma maçã.
Il réalisa que la pomme avait dû lui être lancée.

Ele percebeu que a maçã devia ter sido atirada nele.

Mais il n'eut pas le temps de réfléchir qu'une autre pomme arriva.

Mas ele não teve tempo de pensar antes que outra maçã aparecesse.

Gregor resta figé, sous le choc de la nouvelle stratégie de son père.

Gregor ficou paralisado de choque com a nova estratégia do pai.

Il ne pouvait plus rien gagner à essayer de fuir.

Ele não conseguia mais ganhar nada tentando fugir.

Le père avait décidé de le bombarder de fruits.

O pai decidiu bombardeá-lo com frutas.

Il avait rempli ses poches avec les fruits du bol de la cuisine.

Ele encheu os bolsos com as frutas da fruteira da cozinha.

Sans viser particulièrement, il lançait pomme après pomme.

Sem mirar particularmente, ele atirou maçã após maçã.

Ces petites pommes rouges roulaient sur le sol.

Essas pequenas maçãs vermelhas rolaram pelo chão.

Comme électrifiées, les pommes se heurtèrent les unes aux autres.

Como se estivessem eletrificadas, as maçãs se chocaram umas contra as outras.

Une des pommes, lancée mollement, a effleuré le dos de Gregor.

Uma das maçãs arremessadas com pouca força roçou as costas de Gregor.

Heureusement pour lui, la pomme a glissé sans le blesser.

Por sorte para ele, a maçã deslizou e caiu sem causar danos.

Cependant, la pomme lancée ensuite était plus précise.

No entanto, a maçã atirada em seguida foi mais precisa.

Et cette pomme s'est logée profondément dans le dos de Gregor.

E essa maçã alojou-se profundamente nas costas de Gregor.

Gregor voulait s'éloigner de la douleur.

Gregor queria se afastar da dor.

Peut-être pourrait-on échapper à cette nouvelle douleur inimaginable.
Talvez fosse possível escapar dessa nova e inacreditável dor.
Un changement d'endroit pourrait peut-être soulager son supplice.
Talvez uma mudança de local aliviasse sua angústia.
Mais il avait l'impression d'être cloué au sol.
Mas ele sentia como se tivesse sido pregado ao chão.
Il s'étira, mais seulement à cause de sa confusion.
Ele se esticou, mas apenas devido à sua confusão.
Ce n'est qu'à son dernier regard qu'il vit la porte s'ouvrir.
Somente em seu último olhar ele viu a porta se abrir.
La mère s'est précipitée devant sa sœur qui hurlait.
A mãe correu para a frente da irmã que gritava.
Sa sœur l'avait déshabillée, elle était donc encore en chemise.
A irmã a havia despido, então ela estava apenas de camisa.
Elle avait besoin de respirer pendant son inconscience.
Ela precisava de um momento de respiro enquanto estava inconsciente.
Il voyait encore la mère courir vers le père.
Ele ainda viu a mãe correr em direção ao pai.
Ses jupes glissèrent au sol, l'une après l'autre.
Suas saias escorregaram até o chão, uma após a outra.
Il la vit s'approcher du père et trébucher sur sa jupe.
Ele a viu se aproximar do pai e tropeçar na saia.
L'enlaçant, elle demanda qu'on épargne la vie de Gregor.
Abraçando-o, ela pediu que a vida de Gregor fosse poupada.
En parfaite harmonie avec son corps, sa vue s'est éteinte.
Em completa união com seu corpo, sua visão falhou.

Troisième partie
Parte Três

Gregor a souffert de cette grave blessure pendant plus d'un mois.

Gregor sofreu com o ferimento grave por mais de um mês.

La pomme restait incrustée ; personne n'osait l'enlever.

A maçã permaneceu cravada; ninguém se atreveu a removê-la.

La pomme restait plantée dans sa chair comme un rappel visible.

A maçã permaneceu em sua carne como uma lembrança visível.

Mais la pomme servait aussi de rappel au père.

Mas a maçã também serviu como uma lembrança para o pai.

Il comprit que Gregor ne devait pas être traité comme un ennemi.

Ele percebeu que Gregor não deveria ser tratado como um inimigo.

Actuellement, son apparence pourrait être triste et repoussante.

Atualmente, sua aparência pode ser triste e repugnante.

Mais il restait néanmoins un membre de leur famille.

Mas, mesmo assim, ele ainda era um membro da família deles.

Il a fallu accepter et tolérer cette réticence.

A resistência teve que ser engolida e tolerada.

En raison de sa blessure, il risque fort de perdre sa mobilité à jamais.

Devido ao ferimento, é bem possível que ele perca a mobilidade para sempre.

Il continuait à ramper dans sa chambre, mais beaucoup plus lentement.

Ele ainda rastejava pelo quarto, mas muito mais devagar.

Ramper à une quelconque hauteur était hors de question.

Rastejar em qualquer altura estava fora de questão.

Mais Gregor a bien reçu une forme de compensation.

Mas Gregor recebeu algum tipo de compensação.

Le soir, la porte du salon lui fut ouverte.

À noite, a porta da sala de estar foi aberta para ele.
Et il estimait que ces réparations étaient tout à fait adéquates.
E ele considerou que essas reparações eram plenamente adequadas.
Avant le soir, il avait déjà commencé à surveiller la porte.
Antes do anoitecer, ele já estava vigiando a porta.
Il était allongé dans l'obscurité, invisible depuis le salon.
Ele jazia na escuridão, invisível da sala de estar.
Il pouvait voir toute la famille à la table illuminée.
Ele conseguia ver toda a família em volta da mesa iluminada.
Il était désormais autorisé à écouter leurs conversations.
Agora ele tinha permissão para ouvir as conversas deles.
C'était très différent de leur arrangement précédent.
Isso era bem diferente do acordo anterior.
Les conversations animées d'autrefois étaient terminées.
As conversas animadas dos tempos anteriores haviam chegado ao fim.
C'étaient ces conversations qu'il désirait tant.
Essas eram as conversas que ele tanto desejava.
Lorsqu'il dormait seul dans de petites chambres d'hôtel.
Quando ele dormia sozinho em pequenos quartos de hotel.
Quand il a dû se jeter dans les draps humides.
Quando ele teve que se jogar nos lençóis úmidos.
Mais les soirées étaient désormais généralement calmes et sans incident.
Mas agora as noites eram, em sua maioria, tranquilas e sem incidentes.
Le père s'est endormi dans son fauteuil après le dîner.
O pai adormeceu em sua poltrona depois do jantar.
Et la mère et la sœur s'exhortaient mutuellement à se taire.
E a mãe e a irmã insistiram uma com a outra para que fizessem silêncio.
La mère, penchée très haut sur la lampe, cousait du lin.
A mãe, debruçada sobre a luz, costurava linho.
Elle confectionne maintenant des robes pour l'un des magasins de mode.

Ela fazia vestidos para uma das lojas de moda atuais.

Comme Gregor, sa sœur avait trouvé un emploi de vendeuse.

Assim como Gregor, a irmã havia conseguido um emprego como vendedora.

Elle apprenait la sténographie et le français le soir.

À noite, ela aprendia taquigrafia e francês.

Afin qu'elle puisse peut-être obtenir un meilleur poste plus tard.

Para que talvez ela consiga um emprego melhor mais tarde.

Parfois, le père se réveillait de sa sieste du soir.

Às vezes, o pai acordava de seus cochilos noturnos.

« Chérie, tu as déjà cousu tellement longtemps aujourd'hui ! »

"Querida, você já está costurando há tanto tempo hoje!"

Il semblait avoir oublié qu'il dormait.

Ele parecia ter esquecido que estava dormindo.

Mais il retombait aussitôt dans son sommeil.

Mas ele imediatamente voltou a dormir.

Et la mère et la sœur s'échangèrent un sourire las.

E a mãe e a irmã sorriram uma para a outra com um ar cansado.

Le père avait développé une étrange nouvelle obstination.

O pai havia desenvolvido uma estranha teimosia.

Même chez lui, il refusait d'enlever son uniforme de domestique.

Mesmo em casa, ele se recusava a tirar o uniforme de empregado.

Et son peignoir pendait inutilement sur le cintre.

E seu roupão estava pendurado inutilmente no cabide.

Le père dormit donc, tout habillé, dans son fauteuil.

Então o pai dormiu, completamente vestido, em sua poltrona.

C'était comme s'il était toujours prêt à rendre service.

Era como se ele estivesse sempre pronto para prestar seu serviço.

Comme s'il attendait simplement la voix de son supérieur.

Como se estivesse apenas esperando a voz de seu superior.

Cela a eu pour conséquence que son uniforme a perdu sa propreté.

Isso fez com que seu uniforme perdesse a limpeza.

Bien que l'uniforme ne fût pas neuf lorsqu'il l'a reçu.

Embora o uniforme também não fosse novo quando ele o recebeu.

Et la mère faisait de son mieux pour prendre soin de l'uniforme.

E a mãe fez o possível para cuidar do uniforme.

Gregor passait des soirées entières à contempler cet uniforme.

Gregor passava noites inteiras olhando para esse uniforme.

Il observa le vieil homme dormir très mal.

Ele observou o velho dormir de forma extremamente desconfortável.

Mais dans son sommeil, il remarqua aussi quelque chose de paisible.

Mas, enquanto dormia, ele também percebeu algo tranquilo.

Lorsque l'horloge a sonné dix heures, la mère a essayé de le réveiller.

Quando o relógio bateu dez horas, a mãe tentou acordá-lo.

Elle lui parla doucement et le persuada d'aller se coucher.

Ela falou baixinho e o convenceu a ir para a cama.

Parce que dormir sur un fauteuil, ce n'était pas du vrai sommeil.

Porque dormir na poltrona não era sono de verdade.

Il allait devoir commencer à travailler à six heures.

Ele teria que começar a trabalhar às seis horas.

Il avait donc vraiment besoin de dormir le mieux possible.

Então ele realmente precisava dormir o melhor possível.

Mais il était pris d'une nouvelle forme d'obstination.

Mas ele havia sido tomado por uma nova forma de teimosia.

Le fait de devenir serviteur avait commencé à avoir cet effet sur lui.

Tornar-se um servo começara a ter esse efeito sobre ele.

Il insistait donc toujours pour rester plus longtemps à table.

Por isso, ele sempre insistia em ficar mais tempo à mesa.

Bien qu'il se rendormît régulièrement dans son fauteuil.
Embora ele voltasse a adormecer na cadeira com frequência.
Et il ne pouvait être déplacé qu'avec la plus grande difficulté.
E ele só podia ser movido com extrema dificuldade.
Il a fallu lui dire que ce lit lui conviendrait mieux.
Foi preciso dizer-lhe que aquela cama seria melhor para ele.
La mère et la sœur ont dû insister, malgré quelques avertissements.
A mãe e a irmã tiveram que insistir, com poucos avisos.
Pendant quinze minutes, il se contenta de secouer lentement la tête.
Durante quinze minutos, ele apenas balançou a cabeça lentamente.
Et il garda les yeux fermés et refusa de se lever.
E ele manteve os olhos fechados e se recusou a levantar.
La mère tira doucement, mais fermement, sur sa manche.
A mãe puxou a manga da camisa dele, delicadamente, mas com firmeza.
Et elle lui murmurait des mots flatteurs à l'oreille, encore fatiguée.
E ela sussurrou palavras lisonjeiras em seus ouvidos cansados.
La sœur a interrompu sa tâche pour aider sa mère.
A irmã abandonou a tarefa que estava realizando para ajudar a mãe.
Mais aucun de leurs efforts n'a fonctionné sur le père.
Mas nenhuma das tentativas surtiu efeito no pai.
Il s'enfonça encore plus profondément dans son fauteuil, prêt à dormir.
Ele afundou ainda mais na cadeira, preparando-se para dormir.
Et finalement, les femmes l'ont attrapé sous les aisselles.
E, por fim, as mulheres o agarraram pelas axilas.
Il ouvrit les yeux et les regarda tour à tour.
Ele abriu os olhos e olhou para eles alternadamente.
« Quelle vie ! » se plaignit-il en allant se coucher.
"Que vida é esta?", lamentou ele ao deitar-se.

« Est-ce là la paix qui m'a été accordée dans ma vieillesse ? »
"Será esta a paz que me foi dada na minha velhice?"
Mais alors, s'appuyant sur les deux femmes, il se leva maladroitement.
Mas então, apoiando-se nas duas mulheres, ele se levantou, desajeitadamente.
Il agissait comme s'il portait le fardeau le plus lourd.
Ele agia como se estivesse carregando o fardo mais pesado.
Il laissa les deux femmes le conduire au fond de la pièce.
Ele deixou que as duas mulheres o conduzissem até o fundo da sala.
Là, il leur souhaita bonne nuit et poursuivit son chemin seul.
Ali, ele se despediu deles com um "boa noite" e seguiu seu caminho sozinho.
Mais la mère jeta précipitamment son nécessaire à couture.
Mas a mãe largou apressadamente seu kit de costura.
Et la sœur posa elle aussi le stylo et le bloc-notes.
E a irmã também largou a caneta e o bloco de notas.
Et ils coururent derrière le père pour l'aider davantage.
E eles correram atrás do pai para ajudá-lo ainda mais.
Qui, dans cette famille surmenée, avait du temps à consacrer à Gregor ?
Quem nessa família sobrecarregada tinha tempo para Gregor?
Qui aurait pu lui accorder plus d'attention que nécessaire ?
Quem poderia ter lhe dado mais atenção do que o necessário?
Le budget des ménages est devenu de plus en plus restreint.
O orçamento familiar tornou-se cada vez mais restrito.
Finalement, pour faire des économies, ils ont dû licencier la bonne.
Por fim, para economizar dinheiro, eles tiveram que dispensar a empregada doméstica.
Elle fut remplacée par une femme à la carrure imposante et aux cheveux blancs.
Ela foi substituída por uma mulher de ossatura robusta e cabelos brancos.
Mais cette femme ne venait que le matin et le soir.
Mas essa mulher só vinha de manhã e à noite.

Et tout le travail le plus lourd et le plus pénible lui avait été réservé.

E todo o trabalho mais pesado e árduo era reservado para ela.

Toutes les autres tâches ménagères étaient prises en charge par la mère.

Todas as outras tarefas ficavam a cargo da mãe.

Il est même arrivé que plusieurs bijoux de famille soient vendus.

Chegou mesmo a acontecer que várias joias da família fossem vendidas.

Des bijoux que les femmes avaient portés avec joie lors des festivités.

Joias que as mulheres usaram com alegria durante as celebrações.

Gregor a appris cela lors d'une discussion générale.

Gregor aprendeu isso em uma das discussões gerais.

Le principal grief, cependant, portait sur autre chose.

A principal queixa, no entanto, era outra.

L'appartement était trop grand, mais ils ne pouvaient pas déménager.

O apartamento era grande demais, mas eles não podiam se mudar.

Il était impossible de déplacer Gregor.

Não havia nenhuma maneira de eles realocarem Gregor.

Mais Gregor comprit que ce n'était pas seulement une question de considération.

Mas Gregor percebeu que não se tratava apenas de consideração.

Quelque chose d'autre les a empêchés de déménager ailleurs.

Algo mais os impediu de se mudarem para outro lugar.

Il aurait facilement pu être transporté dans une caisse appropriée.

Ele poderia facilmente ter sido transportado em uma caixa adequada.

Leur sentiment de désespoir total les a paralysés.

O sentimento de completo desespero os impediu de avançar.

Ils ne voulaient pas admettre que le malheur les avait frappés.

Eles não queriam admitir que o infortúnio os havia atingido.

Ils ont accompli ce que le monde exige des pauvres.

O que o mundo exige dos pobres, eles cumpriram.

Le père a apporté le petit déjeuner au jeune employé de banque.

O pai foi buscar o café da manhã para o pequeno funcionário do banco.

La mère s'est sacrifiée pour laver le linge d'inconnus.

A mãe se sacrificou para lavar a roupa de estranhos.

La sœur faisait des allers-retours pour prendre les commandes des clients.

A irmã corria de um lado para o outro para atender aos pedidos dos clientes.

Mais ils n'avaient tout simplement plus la force d'en faire plus.

Mas eles simplesmente não tinham forças para fazer mais nada.

La blessure dans le dos de Gregor commença à le faire encore plus souffrir.

A ferida nas costas de Gregor começou a doer ainda mais.

Chaque soir, la mère et la sœur amenaient le père au lit.

Todas as noites, a mãe e a irmã levavam o pai para a cama.

Ils laissèrent leur travail où il était et s'assirent ensemble.

Eles deixaram o trabalho onde estava e sentaram-se juntos.

Ils se rapprochèrent et s'assirent joue contre joue.

E eles se aproximaram ainda mais e sentaram-se rosto a rosto.

La mère désigna la pièce d'où il observait.

A mãe apontou para o quarto de onde ele observava.

« Pourriez-vous fermer la porte ? » demanda-t-elle à sa sœur.

"Você poderia fechar a porta?", perguntou ela à irmã.

Et Gregor se retrouva de nouveau seul dans le noir.

E então Gregor ficou sozinho no escuro novamente.

Et dans la pièce voisine, la femme mêla leurs larmes.

E na sala ao lado, a mulher misturou suas lágrimas.

Ou bien ils restaient assis, les yeux secs, fixant simplement la table.

Ou então ficavam sentados, sem demonstrar qualquer emoção, apenas olhando fixamente para a mesa.

Gregor ne dormait pratiquement pas, ni la nuit ni le jour.

Gregor quase não dormia, nem de dia nem de noite.

Il réfléchissait souvent à la façon dont il pourrait aider sa famille.

Ele frequentemente pensava em como poderia ajudar a família.

Il songea à gagner à nouveau de l'argent pour eux.

Ele pensou em ganhar o dinheiro novamente para eles.

Il songea à faire ce qu'il faisait autrefois pour eux.

Ele pensou em fazer o que costumava fazer por eles.

Le représentant autorisé lui revint dans ses pensées.

Em seus pensamentos, o representante autorizado voltou à sua mente.

Et cette fois, le patron est également venu à l'appartement.

E desta vez o chefe também veio ao apartamento.

Et les commis et les apprentis étaient là aussi.

E os escriturários e os aprendizes também estavam lá.

Même le domestique un peu simplet est venu le voir.

Até mesmo o funcionário de escritório, que era um pouco lento para entender as coisas, veio vê-lo.

Il y avait deux ou trois amis d'autres entreprises.

Havia dois ou três amigos de outras empresas.

Une des femmes de chambre d'un hôtel de province.

Uma das camareiras de um hotel no interior.

Un souvenir précieux et fugace auquel il s'efforçait de s'accrocher.

Uma lembrança querida e fugaz à qual ele tentou se agarrar.

Une caissière d'une chapellerie pour laquelle il avait des intentions.

Uma caixa de uma loja de chapéus por quem ele tinha intenções.

Mais il avait été un peu trop lent à obtenir son approbation.

Mas ele havia demorado um pouco demais para conquistar a aprovação dela.

Ils lui apparurent tous, mêlés à des inconnus.

Todos eles surgiram em seus pensamentos, misturados com estranhos.

Et d'autres n'apparurent pas ; ils étaient déjà oubliés.

E outros não apareceram; já haviam sido esquecidos.

Mais ils ne l'ont pas aidé, ni lui, ni sa famille.

Mas eles não o ajudaram, nem ajudaram a família.

Ils étaient inaccessibles, et il était content quand ils sont partis.

Eles eram inacessíveis, e ele ficou contente quando eles foram embora.

Il n'était pas toujours d'humeur à se soucier de sa famille.

Ele nem sempre estava com vontade de se preocupar com a família.

Et il était rempli de rage à cause de ce manque d'attention.

E ele estava tomado pela raiva devido à falta de atenção.

Et il ne pouvait imaginer rien qui puisse lui faire envie.

E ele não conseguia imaginar nada que lhe desse apetite.

Mais il avait tout de même prévu de cambrioler le garde-manger.

Mas mesmo assim ele fez planos para invadir a despensa.

Et il allait prendre tout ce qui lui était dû.

E ele ia tomar tudo o que lhe era devido.

Sa sœur ne faisait plus aucun effort particulier pour lui.

A irmã já não fazia nenhum esforço especial por ele.

Elle ne consacrait plus de temps à chercher à lui plaire.

Ela já não perdia tempo pensando em agradá-lo.

Avant d'aller travailler, elle a rapidement glissé de la nourriture dans la pièce.

Antes de ir para o trabalho, ela rapidamente empurrou um pouco de comida para dentro do quarto.

Et le soir venu, elle a rapidement ramassé les restes.

E à noite, ela rapidamente recolheu os restos de comida.

Elle ne faisait plus attention à savoir s'il avait mangé ou non.

Se ele tinha comido ou não, ela já não se importava mais.

Le plus souvent, la nourriture restait intacte.
Agora, na maioria das vezes, a comida ficava intocada.
Elle continuait de traverser la pièce rapidement le soir.
Mesmo à noite, ela continuava a percorrer o quarto
rapidamente.
**Mais maintenant, elle se contentait du strict minimum, aussi
vite que possible.**
Mas agora ela fez o mínimo necessário, o mais rápido possível.
Des traînées de saleté jonchaient les murs.
Manchas de sujeira permaneceram ao longo das paredes.
Des boules de poussière et de détritus jonchaient le sol.
Bolas de poeira e lixo foram deixadas espalhadas pelo chão.
**Gregor manifesta son désapprobation face à son manque
d'attention.**
Gregor demonstrou sua desaprovação pela falta de cuidado
dela.
Il se tourna selon un angle particulièrement significatif.
Ele se virou num ângulo particularmente significativo.
Mais il aurait pu rester à ce poste pendant des semaines.
Mas ele poderia ter permanecido nessa posição por semanas.
Sa sœur n'aurait pas remarqué son mécontentement.
Sua irmã provavelmente não teria notado sua insatisfação.
Elle voyait la saleté aussi bien que lui, voire mieux.
Ela enxergava a sujeira tão bem quanto ele, senão melhor.
Mais elle avait décidé de laisser la saleté où elle était.
Mas ela havia decidido deixar a sujeira onde estava.
**À cette époque, elle a développé une sensibilité totalement
nouvelle.**
Naquele momento, ela desenvolveu uma sensibilidade
completamente nova.
**Elle s'était donné pour mission de nettoyer la chambre de
Gregor.**
Ela havia assumido a responsabilidade de limpar o quarto de
Gregor.
La famille a été touchée par sa gentillesse et sa prévenance.
A família ficou comovida com a sua gentileza e consideração.

Une fois, sa mère avait nettoyé sa chambre de fond en comble.

Certa vez, a mãe fez uma limpeza completa no quarto dele.

Ce n'est qu'après avoir utilisé plusieurs seaux d'eau qu'elle a réussi.

Ela só conseguiu depois de usar alguns baldes de água.

Cependant, l'humidité nouvelle dans la pièce a nui à Gregor.

No entanto, a umidade repentina no quarto prejudicou Gregor.

Et il gisait, étendu de tout son long, amer et immobile sur le canapé.

E ele jazia estendido, amargurado e imóvel no sofá.

Mais ce n'était que sa première punition pour avoir aidé.

Mas esse foi apenas o primeiro castigo que ela recebeu por ajudar.

La sœur remarqua rapidement le changement dans la chambre de Gregor.

A irmã percebeu rapidamente a mudança no quarto de Gregor.

Et elle s'est précipitée dans le salon, extrêmement insultée.

E ela correu para a sala de estar, extremamente ofendida.

Sa mère leva les mains et tenta de la supplier.

Sua mãe levantou as mãos e tentou implorar.

Mais malgré une explication sincère, elle a éclaté en sanglots.

Mas, apesar da explicação sincera, ela caiu em prantos.

Le père, bien sûr, sursauta et se leva de sa chaise.

O pai, naturalmente, levou um susto e pulou da cadeira.

Et les deux parents regardaient, stupéfaits et impuissants.

E os dois pais observavam, atônitos e impotentes.

Et finalement, leurs émotions s'agitèrent elles aussi.

E, eventualmente, suas emoções também se agitaram.

Le père a reproché à la mère ce qu'elle avait fait.

O pai repreendeu a mãe pelo que ela havia feito.

« Tu aurais dû laisser la chambre à Grete pour qu'elle la nettoie. »

"Você deveria ter deixado o quarto para Grete limpar."

Grete a crié sur sa mère parce qu'elle avait nettoyé sa chambre.
Grete gritou com a mãe por esta estar limpando seu quarto.
«Tu n'as plus jamais le droit de nettoyer sa chambre !»
"Você nunca mais terá permissão para limpar o quarto dele!"
La mère a essayé d'entraîner le père dans la chambre.
A mãe tentou arrastar o pai para o quarto.
La sœur resta seule dans la pièce, tremblante et sanglotant.
A irmã ficou sozinha no quarto, tremendo e soluçando.
Et elle frappa la table avec ses petits poings.
E ela batia na mesa com seus punhos pequeninos.
Et Gregor siffla bruyamment de colère contre eux tous.
E Gregor sibilou alto, furioso com todos eles.
Pourquoi personne n'avait-il pensé à lui fermer la porte ?
Por que ninguém pensou em fechar a porta para ele?
Ils auraient pu lui épargner ce spectacle et ce bruit.
Eles poderiam tê-lo poupado dessa cena e desse barulho.
Sa sœur était épuisée après être rentrée du travail.
A irmã estava exausta depois de chegar do trabalho.
Et s'occuper de Gregor représentait encore plus de travail pour elle.
E cuidar de Gregor dava ainda mais trabalho para ela.
Mais cela ne signifie pas que la mère aurait dû le faire.
Mas isso não significa que a mãe devesse ter feito isso.
Gregor, en revanche, ne doit pas être négligé.
Gregor, por outro lado, não deve ser negligenciado.
Mais maintenant, ils avaient une nouvelle bonne qui pouvait faire ce genre de choses.
Mas agora eles tinham uma nova empregada doméstica que podia fazer essas coisas.
Une veuve âgée à la charpente osseuse robuste.
Uma viúva idosa com estrutura óssea robusta.
Une stature qui l'a aidée à survivre à sa vie difficile.
Uma estatura que a ajudou a sobreviver à sua vida difícil.
L'apparence de Gregor ne lui déplaisait pas vraiment.
Ela não tinha nenhuma aversão real à aparência de Gregor.

Elle avait ouvert la porte de la chambre de Gregor par inadvertance.

Ela havia aberto acidentalmente a porta do quarto de Gregor.

Ce n'était pas par curiosité particulière à propos de la pièce.

Não foi por nenhuma curiosidade específica sobre o quarto.

Elle faisait simplement son travail et a ouvert la porte par hasard.

Ela estava apenas fazendo o seu trabalho e, por acaso, abriu a porta.

Gregor, bien sûr, fut complètement surpris par elle.

Gregor, naturalmente, ficou completamente surpreso com ela.

Il n'était pas poursuivi, mais il courait d'avant en arrière.

Ele não estava sendo perseguido, mas corria de um lado para o outro.

Elle croisa simplement les bras et le regarda ramper.

E ela simplesmente cruzou os braços e ficou observando-o engatinhar.

Depuis lors, elle lui entrouvrait toujours un peu la porte.

Desde então, ela sempre abria um pouco a porta para ele.

Un matin, elle a jeté un coup d'œil pour voir comment il allait.

Certa vez, pela manhã, ela olhou para dentro para ver como ele estava.

Et le soir, elle est allée prendre de ses nouvelles avant de partir.

E à noite, antes de ir embora, ela foi ver como ele estava.

Au début, elle a aussi essayé de l'appeler pour qu'il vienne la rejoindre.

A princípio, ela também tentou chamá-lo para que viesse até ela.

« Viens par ici, vieux bousier ! » disait-elle.

"Venha cá, velho besouro rola-bosta!", ela costumava dizer.

Ou bien elle disait, amicalement : « Regardez ce vieux bousier ! »

Ou então ela disse, amigavelmente: "Olha só o velho besouro rola-bosta!".

Gregor n'a jamais réagi lorsqu'on lui parlait de cette façon.

Gregor nunca reagiu quando lhe falaram com ele dessa maneira.

Il resta là, immobile, et l'ignora.

Ele permaneceu ali, imóvel, e a ignorou.

« Si seulement on lui avait expliqué comment faire correctement son travail. »

"Se ao menos tivessem lhe ensinado como fazer seu trabalho direito."

« Au lieu de me déranger, elle devrait nettoyer ma chambre. »

"Em vez de me incomodar, ela deveria limpar meu quarto."

Tôt le matin, une forte pluie a frappé les fenêtres.

Certa vez, bem cedinho pela manhã, uma chuva forte bateu nas janelas.

Peut-être la pluie était-elle déjà un signe du printemps à venir.

Talvez a chuva já fosse um sinal da chegada da primavera.

La bonne recommença à lui parler de cette façon.

A empregada começou a falar com ele daquele jeito novamente.

Gregor était tellement amer qu'il se tourna vers elle.

Gregor estava tão amargurado que se virou para encará-la.

Il était lent et infirme, mais c'était une sorte d'attaque.

Ele estava lento e fraco, mas foi uma espécie de ataque.

La bonne, en revanche, n'avait absolument pas peur de Gregor.

A criada, no entanto, não tinha medo nenhum de Gregor.

Au lieu de cela, elle souleva une chaise qui se trouvait près de la porte.

Em vez disso, ela levantou uma cadeira que estava perto da porta.

Et elle resta là, calmement, la bouche grande ouverte.

E ela ficou ali parada, calma, com a boca bem aberta.

Ses intentions étaient claires, même Gregor pouvait le voir.

As intenções dela eram claras, até Gregor conseguia perceber isso.

Et il se retourna lentement pour reprendre sa position initiale.

E ele se virou, lentamente, retornando à sua posição original.

« Donc vous ne voulez pas vous approcher davantage, n'est-ce pas ? »

"Então você não quer se aproximar mais, quer?"

Et elle remit discrètement la chaise dans le coin.

E silenciosamente, ela colocou a cadeira de volta no canto.

Gregor ne mangeait presque plus rien.

Gregor quase não comia mais nada.

Parfois, lors de ses promenades dans la pièce, il s'arrêtait.

Às vezes, enquanto caminhava pela sala, ele parava.

Et il se retrouva à côté du repas qui lui avait été préparé.

E ele se viu ao lado da comida que havia sido preparada para ele.

Il mit la nourriture dans sa bouche, mais seulement pour jouer avec.

Ele colocou a comida na boca, mas apenas para brincar com ela.

Et bien souvent, il le recrachait quelques heures plus tard.

E com bastante frequência, ele cuspia tudo de novo depois de algumas horas.

Il essaya de trouver une raison à son manque d'appétit.

Ele tentou encontrar uma razão para sua falta de apetite.

Peut-être parce qu'il était triste de l'état de sa chambre.

Talvez porque ele estivesse triste com o estado do seu quarto.

Mais il s'était fait à l'idée des changements survenus dans la pièce.

Mas ele já havia se acostumado com as mudanças no quarto.

Récemment, sa chambre était devenue une sorte de débarras.

Ultimamente, seu quarto havia se transformado numa espécie de depósito.

Ils avaient pris l'habitude de laisser des choses là.

Eles tinham adquirido o hábito de deixar as coisas lá.

Et il restait maintenant beaucoup de choses de ce genre dans sa chambre.

E agora restavam muitas dessas coisas em seu quarto.

Parce qu'une chambre de l'appartement avait été louée.

Porque um dos quartos do apartamento estava alugado.

Trois messieurs sérieux louaient la chambre ensemble.

Três cavalheiros sérios estavam alugando o quarto juntos.

Gregor les avait aperçus un jour à travers une fente dans la porte.

Gregor os avistou certa vez através de uma fresta na porta.

Ils portaient des barbes fournies et étaient habillés avec un soin méticuleux.

Eles tinham barbas compridas e se vestiam de forma impecável.

Ils étaient scrupuleux quant à la propreté des lieux.

Eles eram extremamente meticulosos em manter tudo organizado.

Leur obsession pour la propreté ne s'arrêtait pas à leur chambre.

A insistência deles na organização não se limitava ao quarto.

L'appartement entier devait être maintenu d'une propreté impeccable.

O apartamento inteiro tinha que ser mantido impecavelmente limpo.

Ils étaient encore plus pointilleux sur l'apparence de la cuisine.

Eles eram ainda mais exigentes quanto à aparência da cozinha.

Et ils ne supportaient aucun encombrement inutile.

E eles não toleravam nenhuma desordem desnecessária.

Ils avaient également apporté leurs propres meubles.

Eles também trouxeram seus próprios móveis.

C'est pourquoi beaucoup de choses étaient devenues superflues.

Por essa razão, muitas coisas se tornaram supérfluas.

C'étaient des choses pour lesquelles personne n'aurait payé.

Eram coisas pelas quais ninguém pagaria nada.

Mais la famille ne voulait pas non plus se débarrasser de ces objets.

Mas a família também não queria se desfazer dessas coisas.

Tous ces objets ont fini quelque part dans la chambre de Gregor.

Todas essas coisas foram parar em algum lugar no quarto de Gregor.

Le cendrier de la cuisine se trouvait désormais dans sa chambre.

A caixa de cinzas da cozinha agora ficava em seu quarto.

Et les ordures étaient entreposées dans sa chambre jusqu'au jour de la collecte.

E o lixo era guardado no quarto dele até o dia da coleta.

La bonne a jeté dans sa chambre tout ce dont elle n'avait pas besoin.

A empregada jogou tudo o que não precisava no quarto dele.

Heureusement, il n'a vu que la main et l'objet.

Felizmente, ele não viu mais do que a mão e o objeto.

Elle comptait probablement revenir chercher les affaires plus tard.

Ela provavelmente pretendia voltar mais tarde para buscar as coisas.

Ou peut-être voulait-elle tout jeter d'un coup.

Ou talvez ela quisesse se desfazer de tudo de uma vez.

Cependant, tout est resté là où il s'était initialement posé.

No entanto, tudo permaneceu exatamente onde havia caído inicialmente.

À moins que Gregor n'ait déplacé les débris en se faufilant à travers.

A menos que Gregor tenha movido a sucata se espremendo por entre ela.

Au début, il a été obligé de ramper à travers tous les détritus.

No início, ele foi obrigado a rastejar por entre toda a sucata.

Il lui était impossible d'éviter cela.

Não havia possibilidade de ele evitar fazê-lo.

Mais plus tard, il a finalement trouvé du plaisir dans cette activité.

Mas, mais tarde, ele acabou descobrindo prazer nessa atividade.

Bien que ces efforts l'aient laissé triste et profondément fatigué.

Embora tal esforço o deixasse triste e profundamente cansado.

Et ensuite, il est resté incapable de bouger pendant de nombreuses heures.

E depois disso ele ficou impossibilitado de se mover por muitas horas.

Les locataires prenaient parfois leurs repas dans le salon.

Os hóspedes às vezes faziam suas refeições na sala de estar.

La porte du salon restait fermée ces soirs-là.

A porta da sala de estar permaneceu fechada naquelas noites.

Mais Gregor n'avait aucune difficulté à ne pas ouvrir la porte à présent.

Mas Gregor não teve dificuldade alguma em não abrir a porta naquele momento.

Même lorsque la porte était ouverte, il ne regardait pas toujours dehors.

Mesmo quando a porta estava aberta, ele nem sempre olhava para fora.

Mais il s'allongea dans le coin le plus sombre de la pièce.

Mas ele se deitou no canto mais escuro do quarto.

La famille n'a pas non plus remarqué son manque d'attention.

A família também não percebeu a falta de atenção dele.

Mais une fois, la bonne a laissé la porte ouverte.

Mas houve uma vez em que a empregada deixou a porta aberta.

La porte est restée ouverte même au retour des locataires.

A porta permaneceu aberta mesmo quando os hóspedes retornaram.

Et la porte était ouverte quand la lumière a été allumée.

E a porta estava aberta quando a luz foi acesa.

L'homme était assis à la table où la famille dînait.

O homem sentou-se à mesa onde a família jantava.

Autrefois, père, mère et Gregor étaient assis là.

Pai, mãe e Gregor sentavam-se ali antigamente.

Ils déplièrent les serviettes et prirent des couteaux et des fourchettes.

Eles desdobraram os guardanapos e pegaram facas e garfos.

La mère apparut sur le seuil avec un bol de viande.

A mãe apareceu na porta com uma tigela de carne.

Puis sa sœur est entrée avec un bol plein de pommes de terre.

Então a irmã entrou com uma tigela cheia de batatas.

Les locataires se penchèrent sur les bols placés devant eux.

Os hóspedes se debruçaram sobre as tigelas colocadas à sua frente.

L'épaisse fumée des aliments leur montait jusqu'au nez.

A fumaça densa da comida subia até seus narizes.

Mais ils n'avaient pas encore décidé s'ils allaient manger.

Mas eles ainda não tinham decidido se iriam comer a comida.

Peut-être renverraient-ils le plat en cuisine.

Talvez eles devolvessem a refeição para a cozinha.

L'homme assis au milieu semblait être l'autorité.

O homem sentado no meio parecia ser a autoridade no assunto.

Il a coupé la viande pour déterminer si elle était suffisamment tendre.

Ele cortou a carne para verificar se estava suficientemente macia.

Il était satisfait de l'odeur et de l'apparence des aliments.

Ele ficou satisfeito com o cheiro e a aparência da comida.

La mère et la sœur les observaient avec anxiété.

A mãe e a irmã estavam observando-os com ansiedade.

Et ils commencèrent à sourire, poussant un soupir de soulagement accumulé.

E começaram a sorrir com um suspiro de alívio acumulado.

La famille allait elle-même manger dans la cuisine.

A própria família iria comer na cozinha.

Mais avant cela, le père alla voir comment allaient les locataires.

Mas primeiro o pai foi verificar como estavam os hóspedes.

Il s'inclina une fois, tenant sa casquette de travail à la main.

Ele fez uma reverência, segurando o boné de trabalho na mão.

Et il fit le tour de la table, saluant chaque invité.

E ele caminhou em círculo ao redor da mesa, parando em cada convidado.

Les locataires se levèrent tous en marmonnant dans leur barbe.

Todos os hóspedes se levantaram, resmungando em suas barbas.

Après son départ, ils mangèrent dans un silence presque complet.

Depois que ele saiu, eles comeram em quase completo silêncio.

Gregor trouvait étrange d'entendre des bruits de mastication.

Gregor achou estranho conseguir ouvir alguém mastigando.

Aucun autre aspect du repas ne semblait produire le moindre son.

Nenhum outro aspecto da alimentação parecia fazer qualquer barulho.

Mais il pouvait distinctement entendre des dents grincer.

Mas ele conseguia ouvir claramente os dentes rangendo.

Ils semblaient lui dire qu'il avait besoin de dents pour manger.

Parecia que estavam lhe dizendo que ele precisava de dentes para comer.

« On ne peut rien faire si on n'a plus de dents dans la mâchoire. »

"Você não pode fazer nada se suas mandíbulas não tiverem dentes."

« J'aimerais manger quelque chose », dit Gregor avec anxiété.

"Eu gostaria de comer alguma coisa", disse Gregor, ansioso.

« Mais je n'ai aucun appétit pour ce que vous mangez tous. »

"Mas eu não tenho apetite para o que vocês estão comendo."

« Regardez ces locataires manger, et moi je meurs de faim. »

"Vejam como esses hóspedes comem, enquanto eu estou aqui morrendo de fome."

Ce soir-là, Gregor pensait justement au violon.

Gregor por acaso pensou no violino naquela noite.

Il n'avait plus entendu le violon depuis la transformation.
Ele não ouvia violino desde a transformação.
Mais ce soir-là, un bruit est venu de la cuisine.
Mas então, esta noite, um som veio da cozinha.
Les messieurs avaient déjà terminé leur repas du soir.
Os senhores já haviam terminado o jantar.
L'homme du milieu avait commencé à lire un journal.
O homem do meio começou a ler um jornal.
Il avait donné une feuille à chacun des deux autres messieurs.
Ele havia dado uma folha para cada um dos outros dois cavalheiros.
Et maintenant, ils étaient affalés en arrière, en train de lire et de fumer.
E agora eles estavam recostados, lendo e fumando.
Lorsque le violon commença à jouer, ils devinrent attentifs.
Quando o violino começou a tocar, eles ficaram atentos.
Ils se levèrent et marchèrent sur la pointe des pieds jusqu'à la porte de l'antichambre.
Eles se levantaram e caminharam na ponta dos pés até a porta da antessala.
Ils se tenaient là, blottis les uns contre les autres, écoutant à la porte.
Ali estavam eles, encolhidos juntos, escutando atrás da porta.
La famille a dû entendre les hommes qui étaient dans la cuisine.
A família deve ter ouvido os homens de dentro da cozinha.
Car le père les appela et leur demanda :
Porque o pai os chamou e lhes perguntou:
« Le violon ne serait-il pas inconfortable pour ces messieurs ? »
"Será que o violino não incomoda os cavalheiros?"
« Si la musique ne vous plaît pas, on peut s'arrêter immédiatement. »
"Se você não gostar da música, podemos parar imediatamente."
« Au contraire », dit celui du milieu des messieurs.

"Pelo contrário", disse o do meio dos cavalheiros.

« La jeune fille aimerait-elle jouer du violon dans notre chambre ? »

"A moça gostaria de tocar violino em nosso quarto?"

« C'est nettement plus confortable et chaleureux ici. »

"É definitivamente muito mais confortável e aconchegante aqui."

Le père répondit comme s'il était lui-même le violoniste.

O pai respondeu como se fosse o próprio violinista.

« Oh, je vous en prie, ce serait merveilleux », s'écria le père.

"Oh, por favor, isso seria maravilhoso", exclamou o pai.

Les messieurs retournèrent au salon et attendirent.

Os cavalheiros voltaram para a sala de estar e esperaram.

Peu après, le père entra dans la pièce avec le pupitre.

Logo depois, o pai entrou na sala com a estante de partituras.

La mère entra dans la pièce avec le livre de musique.

A mãe entrou no quarto com o livro de música.

Et la sœur entra dans la pièce avec le violon.

E a irmã entrou no quarto com o violino.

Elle a calmement tout préparé pour jouer du violon.

Ela preparou tudo com calma para tocar violino.

Les parents exagéraient leur politesse et leurs bonnes manières.

Os pais exageraram na sua polidez e boas maneiras.

Ils n'avaient jamais loué de chambres à des locataires auparavant.

Eles nunca haviam alugado quartos para hóspedes antes.

Et ils n'osaient même pas s'asseoir sur leurs propres chaises.

E eles nem sequer se atreveram a sentar-se nas suas próprias cadeiras.

Au lieu de s'asseoir, le père s'appuya contre la porte.

Em vez de se sentar, o pai encostou-se à porta.

Sa main droite était coincée entre deux boutons de son manteau.

Sua mão direita estava entre dois botões do casaco.

Un monsieur a toutefois offert une chaise à la mère.

A mãe, no entanto, recebeu uma cadeira oferecida por um cavalheiro.

Mais elle s'assit là où le monsieur avait placé la chaise.

Mas ela sentou-se exatamente onde o cavalheiro havia colocado a cadeira.

Et il n'avait pas placé la chaise à un endroit précis.

E ele não havia colocado a cadeira em nenhum lugar específico.

La mère s'assit donc à l'écart de tout le monde, dans un coin.

Então a mãe sentou-se afastada de todos, num canto.

Et finalement, la sœur s'est mise à jouer du violon.

E finalmente a irmã começou a tocar violino.

Les parents, placés de part et d'autre, suivaient attentivement.

Os pais, em lados opostos, prestaram muita atenção.

Et ils observaient attentivement chacun des mouvements de sa main.

E eles observavam atentamente cada movimento da mão dela.

Gregor était également attiré par le jeu du violon.

Gregor também se sentiu atraído pela música do violino.

Et il s'aventura un peu plus loin hors de sa chambre.

E ele se aventurou um pouco mais para fora do quarto.

Il avait déjà la tête dans le salon.

Ele já estava com a cabeça dentro da sala de estar.

Il était très fier d'être très attentionné.

Ele costumava ter muito orgulho de ser muito atencioso.

Mais récemment, il ne remettait guère en question son manque d'attention.

Mas, recentemente, ele quase não questionou sua falta de cuidado.

Même s'il avait maintenant plus de raisons de se cacher qu'auparavant.

Embora agora ele tivesse mais motivos para se esconder do que antes.

Parce que sa chambre était recouverte de poussière et de saletés diverses.

Porque o quarto dele estava coberto de poeira e sujeira diversa.

Le moindre mouvement soulevait toutes sortes d'immondices.

O menor movimento levantava todo tipo de sujeira.

Toute cette saleté lui collait à la peau : poussière, cheveux, restes de nourriture.

Toda essa sujeira grudou nele: poeira, cabelo, restos de comida.

Il aurait pu frotter la saleté contre le tapis.

Ele poderia ter esfregado a sujeira no tapete.

C'était quelque chose qu'il faisait plusieurs fois par jour.

Ele costumava fazer isso várias vezes ao dia.

Mais son indifférence à tout était bien trop grande.

Mas sua indiferença a tudo era grande demais.

Il n'avait donc pas peur d'aller un peu plus loin.

Por isso, ele não teve medo de avançar um pouco mais.

Et il s'est installé sur le sol impeccable du salon.

E ele passou para o chão imaculado da sala de estar.

Cependant, personne ne l'a remarqué, ni ne lui a prêté attention.

No entanto, ninguém o notou, nem lhe deu atenção.

La famille était complètement absorbée par le concert.

A família estava completamente absorta pelo concerto.

Les messieurs, quant à eux, ont d'abord battu en retraite.

Os cavalheiros, por outro lado, inicialmente recuaram.

Et ils se tenaient tout près, derrière le pupitre de la sœur.

E eles ficaram bem atrás da estante de partituras da irmã.

S'ils avaient regardé, ils auraient pu voir les notes de musique.

Se tivessem olhado, teriam visto as notas musicais.

Cela aurait évidemment perturbé la sœur.

Isso, é claro, teria incomodado a irmã.

Alors, au lieu de s'asseoir, ils restèrent debout près de la fenêtre.

Então, em vez de se sentarem, ficaram de pé junto à janela.

Les mains dans les poches, ils continuaient à parler.

Com as mãos nos bolsos, eles continuaram falando.
Ils restèrent là tandis que le père les observait avec anxiété.
Eles permaneceram ali enquanto o pai observava ansiosamente.
On avait l'impression qu'ils avaient d'autres attentes.
Tinha-se a impressão de que eles tinham outras expectativas.
Et il semblait vraiment qu'ils avaient été déçus.
E realmente parecia que eles tinham ficado desapontados.
Il semblait qu'ils en avaient assez du spectacle.
Parecia que eles já estavam fartos da apresentação.
Ils avaient laissé le violon troubler leur tranquillité.
Eles haviam permitido que o violino perturbasse sua paz.
Et ils ne toléraient la musique que par politesse.
E eles só toleravam a música por educação.
La façon dont ils ont dissipé la fumée était particulièrement troublante.
A forma como eles dissiparam a fumaça foi particularmente perturbadora.
Et pourtant, elle jouait du violon avec une telle beauté.
E, no entanto, ela tocava violino tão lindamente.
Son visage était légèrement incliné sur le côté, sur le violon.
Seu rosto estava levemente inclinado para o lado, sobre o violino.
Son regard parcourait tristement les lignes de la musique.
Seus olhos percorriam tristemente as linhas da música.
Gregor se sentait un peu plus attiré par le salon.
Gregor sentiu-se um pouco mais atraído para a sala de estar.
Il gardait la tête près du sol, mais regardait vers le haut.
Ele manteve a cabeça próxima ao chão, mas olhou para cima.
Peut-être que de cette façon, le regard de sa sœur croiserait le sien.
Talvez assim o olhar de sua irmã pudesse encontrar o dele.
Peut-on vraiment dire qu'il n'était qu'un animal ?
Será mesmo possível dizer que ele era apenas um animal?
Était-il un animal si la musique pouvait le captiver à ce point ?
Seria ele um animal se a música o cativava dessa forma?

Il avait l'impression qu'on lui montrait un chemin vers une nourriture inconnue.

Ele sentiu como se lhe tivesse sido mostrado um caminho para uma nutrição desconhecida.

C'était peut-être là le réconfort qui lui manquait.

Talvez fosse esse o sustento que lhe faltava.

Il était déterminé à rejoindre sa sœur.

Ele estava determinado a chegar ao encontro de sua irmã.

Il avait envie de tirer sur sa jupe pour attirer son attention.

Ele queria puxar a saia dela para chamar sua atenção.

Il voulait lui faire comprendre qu'il l'invitait.

Ele queria dar a ela um sinal de convite.

« Viens jouer du violon dans ma chambre », aurait-il voulu dire.

"Venha tocar violino no meu quarto", ele queria dizer.

Il souhaitait qu'elle soit récompensée pour sa magnifique musique.

Ele queria que ela fosse recompensada por sua bela música.

« Personne ici ne te récompense pour jouer du violon. »

"Ninguém aqui está te recompensando por tocar violino."

Il ne voulait plus la laisser sortir de sa chambre.

Ele não queria mais deixá-la sair do quarto.

Il voulait qu'elle reste avec lui aussi longtemps qu'il vivrait.

Ele queria que ela ficasse com ele enquanto vivesse.

Pour la première fois, sa transformation eut un avantage.

Pela primeira vez, sua transformação trouxe um benefício.

Sa difformité allait enfin lui être utile.

Sua deformidade finalmente iria lhe ser útil.

Il voulait être présent simultanément aux quatre portes.

Ele queria estar em todas as quatro portas simultaneamente.

Il avait envie de les siffler et de leur cracher dessus de tous les côtés.

Ele queria sibilar e cuspir neles de todos os ângulos.

Sa sœur ne devrait pas être forcée de rester avec lui.

Sua irmã não deveria ser obrigada a ficar com ele.

Il voulait qu'elle choisisse volontairement de rester avec lui.

Ele queria que ela escolhesse ficar com ele voluntariamente.

Elle allait s'asseoir à côté de lui et se pencher vers lui.
Ela ia sentar-se ao lado dele e inclinar-se para ele.
Et il allait lui parler de l'école de musique.
E ele ia falar para ela sobre a escola de música.
Il avait la ferme intention de l'envoyer à l'académie.
Ele tinha a firme intenção de enviá-la para a academia.
Il en aurait parlé à tout le monde à Noël dernier.
Ele teria contado isso a todos no último Natal.
Noël était-il déjà passé ?
O Natal já passou mesmo?
Et il n'aurait laissé personne le dissuader.
E ele não teria deixado ninguém dissuadi-lo disso.
Mais un accident malheureux a tout arrêté.
Mas então, o infeliz acidente interrompeu tudo.
La sœur aurait été submergée par l'émotion.
A irmã teria ficado extremamente emocionada.
Et Gregor aurait alors grimpé jusqu'à son épaule.
E então Gregor teria subido até o ombro dela.
Et il l'aurait réconfortée en l'embrassant dans le cou.
E ele a teria consolado beijando seu pescoço.
« Monsieur Samsa ! » appela l'homme au milieu au père.
"Sr. Samsa!" chamou o homem do meio, dirigindo-se ao pai.
Il pointait Gregor du doigt.
Ele estava apontando com o dedo indicador para Gregor.
Gregor traversait lentement le salon.
Gregor estava se movendo lentamente pelo chão da sala de
estar.
Le jeu du violon s'est très vite tu.
O som do violino cessou muito rapidamente.
Celui du milieu sourit à ses amis.
O homem do meio dos três sorriu para seus amigos.
Puis il secoua la tête et regarda Gregor.
Então ele balançou a cabeça e olhou para Gregor.
Le père aurait pu forcer Gregor à retourner dans sa chambre.
O pai poderia ter obrigado Gregor a voltar para o quarto.
**Mais ce n'était pas la première action qu'il décida
d'entreprendre.**

Mas essa não foi a primeira ação que ele decidiu tomar.

Il estimait qu'il était plus important de calmer ces messieurs.

Ele achou que era mais importante acalmar os senhores.

Bien qu'ils ne fussent pas vraiment contrariés par Gregor.

Embora eles não estivessem realmente nada chateados com Gregor.

Gregor semblait plus divertissant que le jeu de violon.

Gregor parecia mais divertido do que a apresentação de violino.

Il s'est précipité vers eux, les bras tendus.

Ele correu em direção a eles com os braços estendidos.

Il faisait de son mieux pour leur cacher la vue de Gregor.

Ele estava fazendo o possível para disfarçar a visão que eles tinham de Gregor.

Et il a essayé de les faire retourner dans leur chambre.

E ele tentou convencê-los a voltar para o quarto.

Au contraire, cela les a un peu agacés.

Na verdade, isso os deixou um pouco irritados.

Mais il était difficile de dire exactement ce qui les agaçait.

Mas era difícil dizer exatamente o que os incomodava.

Le père gâchait le divertissement de la soirée.

O pai estava estragando a diversão da noite.

Mais ils venaient aussi d'apprendre l'existence de leur nouveau colocataire.

Mas eles também tinham acabado de saber quem seria seu novo colega de apartamento.

Ils levèrent les mains comme l'avait fait leur père.

Eles levantaram as mãos, assim como o pai havia feito.

Ils ont exigé une explication immédiate du père.

Eles exigiram uma explicação imediata do pai.

Ils tiraient nerveusement sur leur barbe, cherchant une réponse.

Eles puxavam inquietos as barbas em busca de uma resposta.

Et ils reculèrent jusqu'à leur chambre, mais très lentement.

E eles voltaram para o quarto, mas muito lentamente.

L'interruption avait plongé la sœur dans une sorte de transe.

A interrupção deixou a irmã em transe.

Elle laissa pendre le violon et l'archet le long de son corps.
Ela deixou o violino e o arco pendurados ao seu lado.
Et elle regarda la partition comme si elle jouait encore.
E ela olhou para a partitura como se ainda estivesse tocando.
Mais soudain, elle est revenue dans la pièce.
Mas então, de repente, ela voltou para dentro do quarto.
Et elle avait désormais surmonté le sentiment d'être perdue.
E ela agora havia superado a sensação de estar perdida.
Elle a posé l'instrument de musique sur les genoux de sa mère.
Ela colocou o instrumento musical no colo da mãe.
La mère était assise sur la chaise, respirant bruyamment.
A mãe estava sentada na cadeira, respirando com dificuldade.
Et puis la sœur a dû courir dans la pièce voisine.
E então a irmã teve que correr para o quarto ao lado.
Elle devait tout préparer pour les messieurs.
Ela precisava deixar tudo pronto para os cavalheiros.
Elle a jeté les couvertures et les coussins en l'air.
Ela atirou os cobertores e as almofadas para o ar.
Et de ses mains expertes, elle a disposé toute la literie.
E com suas mãos habilidosas, ela arrumou toda a roupa de cama.
Elle avait terminé avant que les messieurs n'atteignent la pièce.
Ela já havia terminado antes que os cavalheiros chegassem à sala.
Et elle s'est éclipsée avant de les gêner.
E ela escapuliu antes que eles ficassem no caminho.
Le père semblait prisonnier de son propre entêtement.
O pai parecia estar dominado pela sua própria teimosia.
Et il oublia ainsi tout le respect qu'il devait à ses locataires.
E assim ele se esqueceu de todo o respeito que devia aos seus inquilinos.
Il a insisté sans relâche jusqu'à ce que leur porte-parole s'y oppose.
Ele insistiu e insistiu até que o porta-voz deles se opôs.
Il a tapé du pied avec colère en arrivant à la porte.

Ele bateu o pé com raiva ao chegar à porta.
Et c'est ainsi qu'il immobilisa le père.
E com isso, ele conseguiu paralisar o pai.
« Par la présente, je déclare », commença-t-il en s'adressant à son propriétaire.
"Declaro, por meio deste documento", começou ele a dirigir-se ao seu senhorio.
Et il leva la main, regardant toute la famille.
E ele levantou a mão, olhando para toda a família.
« En ce qui concerne l'état répugnant de la chambre ; »
"Com relação às condições repugnantes do quarto;"
Et il s'assurait que tous écoutaient ses paroles.
E ele se certificou de que todos estivessem ouvindo suas palavras.
« Par la présente, je vous informe que je vais libérer ma chambre. »
"Venho por meio deste comunicar que irei desocupar meu quarto."
Et il a appuyé son propos en crachant par terre.
E ele reforçou seu ponto de vista cuspindo no chão.
« Je ne paierai pas non plus pour les jours que j'ai passés ici. »
"Nem pagarei pelos dias que vivi aqui."
Il n'était cependant pas entièrement satisfait de ce remboursement.
No entanto, ele não ficou totalmente satisfeito com esse reembolso.
« Et j'envisagerai de formuler d'autres demandes à votre encontre. »
"E eu considerarei fazer outras exigências contra você."
« Croyez-moi, de telles demandes seront très faciles à justifier. »
"Acredite em mim, tais exigências serão muito fáceis de justificar."
Il resta silencieux et regarda droit devant lui, vers son père.
Ele permaneceu em silêncio, olhando fixamente para o pai.

Il semblait s'attendre à ce qu'il se passe quelque chose de plus.

Ele parecia estar esperando que algo mais acontecesse.

En fait, ses deux amis ont immédiatement eu la même idée.

Na verdade, seus dois amigos tiveram imediatamente a mesma ideia.

« Nous annulons également nos réservations de chambres », ont-ils déclaré à l'unisson.

"Também estamos cancelando nossas reservas", disseram em uníssono.

Il a alors saisi la poignée de la porte et l'a fermée.

Então ele agarrou a maçaneta e fechou a porta.

Et dans un grand fracas, ils s'enfermèrent dans leur chambre.

E com um estrondo alto, eles se trancaram no quarto.

Le père s'est dirigé en titubant vers sa chaise, les mains tâtonnantes.

O pai cambaleou até sua cadeira, tateando com as mãos.

Et il se laissa tomber sur la chaise, vaincu.

E ele se deixou cair na cadeira, derrotado.

On aurait dit qu'il allait faire sa sieste habituelle du soir.

Parecia que ele ia tirar seu cochilo noturno de costume.

Mais sa tête hocha presque comme si elle n'était pas soutenue.

Mas sua cabeça balançava quase como se não tivesse apoio.

Et on pouvait voir qu'il ne dormait pas du tout.

E dava para ver que ele não estava dormindo nada.

Durant tout ce temps, Gregor n'avait pas bougé de sa place.

Durante todo esse tempo, Gregor não se moveu do lugar.

Il était toujours là où les messieurs l'avaient aperçu pour la première fois.

Ele ainda estava no mesmo lugar onde os cavalheiros o tinham visto pela primeira vez.

Même s'il avait voulu déménager, il trouvait cela impossible.

Mesmo que quisesse se mudar, achou impossível.

À cause de sa déception, ou à cause de sa faim.

Por causa de sua decepção, ou por causa de sua fome.

Il était déçu par l'échec de son plan.

Ele ficou desapontado com o fracasso de seu plano.

Et il était affaibli par la faim persistante qu'il ressentait.

E ele estava fraco devido à fome prolongada que sentia.

Il était certain que tout le monde se retournerait contre lui à tout moment.

Ele tinha certeza de que todos se voltariam contra ele a qualquer momento.

C'est avec cette certitude d'un effondrement imminent qu'il attendit.

Com essa expectativa de colapso iminente, ele esperou.

Le violon commença à glisser des genoux de sa mère.

O violino começou a escorregar do colo da mãe.

Dans un fracas retentissant, le violon tomba au sol.

Com um som estrondoso, o violino caiu no chão.

Mais même ce bruit soudain et fracassant ne l'a pas surpris.

Mas nem mesmo esse estrondo repentino o assustou.

« Chers parents, dit la sœur, cela ne peut pas continuer. »

"Queridos pais", disse a irmã, "isto não pode continuar."

Et elle a frappé du poing sur la table pour appuyer ses propos.

E ela bateu com a mão na mesa para enfatizar seu ponto.

« Je ne prononcerai pas le nom de mon frère devant ce monstre. »

"Não vou pronunciar o nome do meu irmão diante desse monstro."

« C'est pourquoi je le dis aussi crûment que possible : »

"É por isso que estou dizendo isso da forma mais direta possível:"

«Nous n'avons pas d'autre choix que de nous débarrasser de cet animal.»

"Não temos outra opção a não ser nos livrarmos desse animal."

« Nous avons fait de notre mieux pour tolérer et prendre soin de cet animal. »

"Fizemos o possível para tolerar e cuidar deste animal."

« Je ne pense pas que quiconque puisse nous blâmer, même légèrement. »

"Não acho que alguém possa nos culpar minimamente."

« Elle a mille fois raison », a acquiescé le père.

"Ela tem toda a razão", concordou o pai.

La mère n'avait pas encore complètement repris son souffle.

A mãe ainda não havia recuperado totalmente o fôlego.

Elle se mit à tousser sourdement dans sa main, la respiration lourde.

Ela começou a tossir ruidosamente na mão, respirando com dificuldade.

Et une expression de folie commença à apparaître dans ses yeux.

E uma expressão insana começou a surgir em seus olhos.

La sœur s'est précipitée vers sa mère et lui a pris le front.

A irmã correu até a mãe e levou as mãos à testa dela.

Les paroles de la sœur semblaient inspirer le père.

O pai pareceu ter se inspirado nas palavras da irmã.

Et ses pensées semblaient plus claires qu'auparavant.

E seus pensamentos pareciam estar mais claros do que antes.

Il cessa d'acquiescer et se redressa.

Ele parou de balançar a cabeça negativamente e sentou-se ereto novamente.

Et il jouait avec la casquette de son serviteur, plongé dans ses pensées.

E ele brincava com o chapéu de criado, absorto em pensamentos.

Les assiettes des locataires étaient encore sur la table.

Os pratos dos inquilinos ainda estavam sobre a mesa.

Et il regardait parfois vers Gregor, qui restait silencieux.

E às vezes ele olhava para o silencioso Gregor.

« Nous devons essayer de nous en débarrasser », lui dit sa sœur.

"Precisamos tentar nos livrar disso", disse a irmã para ele.

La mère était trop occupée à tousser pour écouter.

A mãe estava tão ocupada tossindo que não conseguiu ouvir.

« Ça va vous tuer tous les deux, je le vois déjà venir. »

"Isso vai matar vocês dois, eu já consigo ver o que vai acontecer."

«Nous ne pouvons pas tous continuer à travailler aussi dur que nous le faisons.»

"Nem todos podemos continuar a trabalhar tão arduamente como fazemos."

« Et chaque jour, nous devons rentrer chez nous et subir ce supplice. »

"E todos os dias temos que voltar para casa e enfrentar essa tortura."

« Nous n'en pouvons plus. Je n'en peux plus. »

"Não aguentamos mais. Eu não aguento mais."

Elle s'est effondrée dans les bras de sa mère, en larmes une dernière fois.

Ela caiu nos braços da mãe num último acesso de lágrimas.

Les larmes coulèrent sur son visage et sur celui de sa mère.

As lágrimas escorreram pelo rosto dela e caíram sobre o rosto de sua mãe.

Et elle essuya ses larmes d'un geste machinal.

E ela enxugou as lágrimas com um movimento mecânico.

« Mon enfant », dit le père d'une voix compatissante.

"Minha filha", disse o pai, com voz compassiva.

Il y avait une profonde sympathie et une grande compréhension dans sa voix.

Havia profunda compaixão e compreensão em sua voz.

« Mais que devons-nous faire ? » avoua-t-il ne pas savoir.

"Mas o que devemos fazer?", confessou ele, sem saber.

La sœur haussa simplement les épaules, impuissante.

A irmã apenas deu de ombros, impotente.

Et sa confiance d'antan fit de nouveau place aux larmes.

E a confiança que ela tinha antes foi substituída novamente por lágrimas.

« Si seulement il nous comprenait », dit le père à voix haute.

"Se ao menos ele nos entendesse", disse o pai em voz alta.

Et il se demandait à moitié si Gregor avait compris.

E ele meio que se perguntou se talvez Gregor tivesse entendido.

La sœur lui a secoué la main violemment en pleurant.

A irmã apenas apertou a mão dela violentamente enquanto chorava.

Elle a donc indiqué qu'il ne fallait pas envisager cette idée.

E assim ela sinalizou que a ideia não deveria ser sequer considerada.

« Mais si seulement il nous comprenait », répéta le père.

"Mas se ao menos ele nos entendesse", repetiu o pai.

Les yeux fermés, il réfléchit à la réponse de sa sœur.

Fechando os olhos, ele ponderou sobre a resposta da irmã.

« S'il comprenait qu'un accord pouvait être conclu avec lui. »

"Se ele entendesse, um acordo poderia ser feito com ele."

« Mais vu la situation actuelle... »

"Mas, com as coisas do jeito que estão..."

«Il faut l'enlever,» s'écria la sœur, «c'est la seule solution.»

"Tem que ir embora", exclamou a irmã, "é o único jeito".

«Il faut vous débarrasser de l'idée que c'est Gregor.»

"Você precisa se livrar da ideia de que seja Gregor."

« Notre véritable malheur, c'est d'y avoir cru si longtemps. »

"O fato de termos acreditado nisso por tanto tempo é a nossa verdadeira desgraça."

« Mais comment est-ce possible que ce soit Gregor ? » demanda-t-elle à son père.

"Mas como pode ser Gregor?", perguntou ela ao pai.

« Il savait qu'un tel animal ne pouvait pas coexister avec les humains. »

"Ele sabia que um animal assim não pode coexistir com os humanos."

« Gregor nous aurait quittés depuis longtemps, volontairement. »

"Gregor já teria nos deixado há muito tempo, por vontade própria."

« C'est vrai, nous n'aurions alors plus de frère. »

"É verdade, aí não teríamos mais irmãos."

« Mais nous pourrions continuer à vivre et à honorer sa mémoire. »

"Mas poderíamos continuar a viver e honrar a sua memória."

« Mais cette bête nous poursuit et chasse nos locataires. »

"Mas essa fera nos persegue e expulsa nossos inquilinos."
« De toute évidence, il veut s'emparer de tout l'appartement. »
"É óbvio que quer tomar conta do apartamento inteiro."
« Cette bête veut nous faire dormir dans la rue. »
"Essa fera quer nos fazer dormir na rua."
« Regarde, papa, » s'écria-t-elle soudain, « il bouge à nouveau ! »
"Olha, pai", ela exclamou de repente, "ele está se mexendo de novo!"
Et elle fit quelque chose que même Gregor ne put comprendre.
E ela fez algo que nem Gregor conseguiu entender.
Elle se repoussa, comme pour sacrifier sa mère.
Ela se afastou bruscamente, como se estivesse sacrificando a mãe.
Et elle a couru derrière son père pour trouver une sorte de sécurité.
E ela correu para trás do pai em busca de alguma segurança.
Le père n'était agité que parce que sa fille l'était.
O pai só estava agitado porque a filha estava.
Mais lui aussi se leva et leva les bras au-dessus d'elle.
Mas então ele também se levantou e ergueu os braços sobre ela.
Mais Gregor n'avait aucune intention d'effrayer qui que ce soit.
Mas Gregor não tinha nenhuma intenção de assustar ninguém.
Il n'avait surtout aucune intention d'effrayer sa sœur.
Ele não tinha, de forma alguma, a intenção de assustar sua irmã.
Il essayait simplement de faire demi-tour pour retourner dans sa chambre.
Ele estava apenas tentando voltar para o seu quarto.
Mais, compte tenu de l'aggravation de son état, même cela devenait difficile.

Mas, com o agravamento do seu estado, até isso se tornou difícil.

Et il ne pouvait plus se servir pleinement de ses jambes.

E ele já não tinha pleno uso de todas as pernas.

Il utilisa donc sa tête pour soulever son corps et se retourner.

Então ele usou a cabeça para levantar o corpo e girar o corpo.

Il marqua une pause et chercha l'approbation de sa famille du regard.

Ele fez uma pausa e olhou em volta, buscando a aprovação da família.

Il semble que sa bonne intention ait été reconnue.

Ao que parece, sua boa intenção foi reconhecida.

Son mouvement ne leur avait procuré qu'un choc momentané.

Seu movimento causou-lhes apenas um choque momentâneo.

À présent, ils le regardaient tous en silence, visiblement malheureux.

Agora todos o olhavam em silêncio constrangido.

La mère était toujours allongée dans le fauteuil, épuisée.

A mãe ainda estava deitada na poltrona, exausta.

Le père et la sœur étaient assis l'un à côté de l'autre.

O pai e a irmã estavam sentados um ao lado do outro.

« Peut-être qu'ils me laisseront faire demi-tour maintenant », pensa Gregor.

"Talvez agora eles me deixem dar meia-volta", pensou Gregor.

Et il continua à effectuer son mouvement de rotation maladroit.

E ele continuou fazendo seu movimento desajeitado de virar.

Il ne pouvait réprimer les halètements occasionnels dus à l'effort.

Ele não conseguiu conter os suspiros ocasionais de esforço.

Et il a été contraint de se reposer à plusieurs reprises entre-temps.

E ele foi obrigado a descansar algumas vezes nesse meio tempo.

Plus personne ne le pressait ; c'était à lui de décider.

Ninguém o estava pressionando a se apressar agora; a decisão era dele.

Finalement, il acheva ce virage lent et douloureux.

Por fim, ele completou a curva lenta e dolorosa.

Il se dirigea aussitôt vers sa chambre.

Ele imediatamente começou a caminhar de volta para o seu quarto.

Il était stupéfait de la distance qui le séparait de sa chambre.

Ele ficou surpreso com a distância em que estava do seu quarto.

Comment, malgré sa faiblesse, avait-il réussi à y parvenir auparavant ?

Como, apesar de sua fraqueza, ele havia chegado lá antes?

Il avait emprunté presque le même chemin sans s'en apercevoir.

Ele havia percorrido praticamente o mesmo caminho sem perceber.

Il se concentrait simplement sur le fait de ramper aussi vite qu'il le pouvait.

Ele simplesmente se concentrou em rastejar o mais rápido que conseguia.

L'absence de commentaires ne le dérangeait pas.

A ausência de comentários de qualquer pessoa não o incomodou.

Ce n'est que lorsqu'il fut déjà à l'intérieur qu'il tourna la tête.

Só virou a cabeça quando já estava dentro da porta.

Mais il n'a pas pu se retourner complètement.

Mas ele não conseguiu se virar para olhar para trás completamente.

Car il sentit sa nuque se raidir encore davantage en se tournant.

Porque ele sentiu o pescoço enrijecer ainda mais ao se virar.

Mais il constata que rien n'avait changé derrière lui.

Mas ele percebeu que, de qualquer forma, nada havia mudado atrás dele.

La seule différence, c'est que sa sœur s'était levée.

A única diferença era que sua irmã havia se levantado.
Son dernier regard lui montra que sa mère s'était endormie.
Seu último olhar mostrou que sua mãe havia adormecido.
Dès qu'il fut entré dans sa chambre, la porte fut fermée.
Assim que ele entrou no quarto, a porta foi fechada.
Et dès que la porte fut fermée, le verrouilla.
E assim que a porta foi fechada, a fechadura foi trancada.
Gregor fut effrayé par le bruit inattendu derrière lui.
Gregor ficou assustado com o barulho inesperado atrás dele.
Et ses jambes fléchirent sous lui, surprises par la soudaineté.
E suas pernas fraquejaram sob o peso do corpo devido ao
súbito susto.
C'est sa sœur qui s'était précipitée vers la porte derrière lui.
Foi a irmã quem correu até a porta atrás dele.
Elle s'était déjà dressée, et l'attendait.
Ela já estava ali de pé, ereta, esperando por ele.
**Elle fit alors un petit saut en avant sans que Gregor ne
l'entende.**
Ela então deu um pequeno salto para a frente, sem que Gregor
ouvisse.
« Enfin ! » s'écria-t-elle en tournant la clé.
"Finalmente!" exclamou ela em voz alta, enquanto girava a
chave.
**« Et maintenant ? » se demanda Gregor, seul dans
l'obscurité.**
"E agora?", perguntou-se Gregor, sozinho na escuridão.
Il s'aperçut bientôt qu'il ne pouvait plus bouger du tout.
Ele logo descobriu que não conseguia mais se mover.
Mais son immobilité ne le surprenait pas vraiment.
Mas ele não ficou realmente surpreso com a sua imobilidade.
**Pouvoir se déplacer sur des jambes aussi fines semblait
ridicule.**
A ideia de conseguir se mover com pernas tão finas parecia
ridícula.
Il ne savait pas comment il avait pu y parvenir.
Ele não sabia como alguma vez tinha conseguido fazer aquilo.
Mais à part ça, il se sentait relativement à l'aise.

Mas, tirando isso, ele se sentia relativamente confortável.
Il est vrai qu'il ressentait une douleur intense dans tout le corps.
É verdade que ele sentiu uma dor profunda por todo o corpo.
Mais la douleur semblait s'atténuer de plus en plus.
Mas a dor parecia estar diminuindo cada vez mais.
Et il avait l'impression que la douleur finirait par disparaître.
E ele sentia que a dor acabaria por desaparecer.
Il sentait à peine la pomme pourrie dans son dos.
Ele mal sentia mais a maçã podre nas costas.
Il repensa à sa famille avec émotion et amour.
Ele se lembrou de sua família com emoção e amor.
Il ressentait les émotions de sa sœur encore plus intensément qu'elle.
Ele sentia as emoções da irmã ainda mais intensamente do que ela própria.
Elle avait raison ; il devait partir.
Ela tinha razão no que disse; ele precisava ir embora.
Il passa quelque temps dans cet état désert et paisible.
Ele passou algum tempo nesse estado vazio e pacífico.
L'horloge sonna trois fois, doucement mais fermement.
O relógio bateu três vezes, silenciosamente, mas com firmeza.
Gregor fut doucement tiré de ses pensées.
Gregor foi gentilmente retirado de seus devaneios.
Il regarda la lumière du matin pénétrer lentement dans sa chambre.
Ele observou a luz da manhã entrar lentamente em seu quarto.
Puis sa tête s'affaissa complètement, malgré lui.
Então, sua cabeça afundou completamente, sem que ele quisesse.
Et son dernier souffle s'échappa faiblement de ses narines.
E seu último suspiro escapou-lhe fracamente das narinas.

La femme de chambre est entrée dans sa chambre tôt le matin.
A empregada entrou no quarto dele de manhã cedo.

Elle n'a rien trouvé d'inhabituel lors de sa courte visite habituelle.

Ela não encontrou nada de anormal durante sua visita curta de costume.

À bout de forces et dans la précipitation, elle claqua toutes les portes.

Com força e pressa, ela bateu todas as portas.

Il était impossible de dormir paisiblement dans tout l'appartement.

Não era possível dormir tranquilamente em todo o apartamento.

On lui avait demandé d'éviter de faire cela le matin.

Ela havia sido orientada a evitar fazer isso pela manhã.

Elle pensait qu'il restait allongé là, immobile, exprès.

Ela pensou que ele estava deitado ali tão imóvel de propósito.

Peut-être voulait-il lui montrer qu'il était offensé.

Talvez ele quisesse mostrar a ela que estava ofendido.

Elle lui faisait confiance et pensait qu'il était doté d'une intelligence hors du commun.

Ela confiava que ele possuía todo tipo de inteligência.

Il se trouve qu'elle tenait le long balai à la main.

Por acaso, ela estava segurando a vassoura comprida na mão.

Alors, depuis la porte, elle essaya de chatouiller un peu Gregor.

Então, da porta, ela tentou fazer cócegas em Gregor.

Elle était un peu agacée qu'il ne réponde pas du tout.

Ela ficou um pouco irritada porque ele não respondeu.

Alors cette fois, elle le poussa un peu plus fermement.

Então, desta vez, ela o empurrou com um pouco mais de firmeza.

Comme il n'opposait aucune résistance, elle l'examina de plus près.

Como ele não ofereceu resistência, ela olhou mais de perto.

Elle comprit rapidement ce qui était réellement arrivé à Gregor.

Ela logo percebeu o que realmente havia acontecido com Gregor.

Elle ouvrit davantage les yeux et siffla pour elle-même.
Ela abriu bem os olhos e assobiou para si mesma.
Mais elle n'a pas tardé à ouvrir la porte.
Mas ela não perdeu muito tempo antes de abrir a porta.
Et elle cria d'une voix forte dans l'obscurité :
E ela gritou em alta voz na escuridão:
«Viens voir, il est là, complètement mort.»
"Venham ver, está ali, completamente morto."
Les deux parents étaient assis bien droits dans leur lit conjugal.
Os dois pais estavam sentados eretos em sua cama de casal.
Il leur fallait d'abord surmonter le choc du bruit.
Primeiro, eles tiveram que superar o choque do barulho.
Mais peu à peu, ils ont commencé à comprendre son message.
Mas então, aos poucos, eles começaram a entender a mensagem dela.
Monsieur et Madame Samsa ont chacun sauté de leur côté du lit.
O Sr. e a Sra. Samsa saltaram cada um para o seu lado da cama.
M. Samsa jeta l'épaisse couverture sur ses épaules.
O Sr. Samsa jogou o cobertor grosso sobre os ombros.
Et Mme Samsa sortit vêtue uniquement de sa chemise de nuit.
E a senhora Samsa saiu vestindo apenas sua camisola.
C'est ainsi qu'ils entrèrent dans la chambre de Gregor.
E foi assim que eles entraram no quarto de Gregor.
Entre-temps, la porte du salon s'était également ouverte.
Entretanto, a porta da sala de estar também se abriu.
Grete y dormait depuis l'emménagement des locataires.
Grete dormia ali desde que os inquilinos se mudaram.
Elle était entièrement habillée comme si elle n'avait pas dormi du tout.
Ela estava completamente vestida, como se não tivesse dormido nada.

Son visage pâle semblait également témoigner de son manque de sommeil.

Seu rosto pálido também parecia comprovar a falta de sono.

« Il est mort ? » demanda Mme Samsa en regardant la bonne.

"Ele está morto?" perguntou a Sra. Samsa, olhando para a empregada.

Elle aurait pu le confirmer en le regardant elle-même.

Ela poderia ter confirmado isso olhando para ele com os próprios olhos.

« Je le crois », dit la bonne en ramassant le balai.

"Acho que sim", disse a empregada, pegando a vassoura.

Et elle a poussé son corps sur une longue distance à travers le sol.

E ela empurrou o corpo dele por uma longa distância no chão.

Mme Samsa fit un mouvement comme si elle voulait l'arrêter.

A senhora Samsa fez um movimento como se quisesse impedi-la.

Mais finalement, elle a laissé la bonne faire glisser Gregor.

Mas no fim, ela deixou a empregada levar Gregor para lá e para cá.

« Eh bien, » dit M. Samsa, « enfin nous pouvons remercier Dieu. »

"Bem", disse o Sr. Samsa, "finalmente podemos agradecer a Deus."

Il fit le signe de croix : tête, poitrine, épaules.

Ele fez o sinal da cruz: cabeça, peito, ombros.

Et les trois femmes suivirent son exemple religieux.

E as três mulheres seguiram seu exemplo religioso.

Grete, qui ne quittait pas le cadavre des yeux, dit :

Grete, que não desviou os olhos do cadáver, disse:

«Regardez comme il est maigre, il n'a pas mangé depuis si longtemps.»

"Veja como ele está magro, faz tanto tempo que não come."

« La nourriture que je lui laissais chaque matin restait toujours intacte. »

"A comida que eu deixava para ele todas as manhãs permanecia intacta."

En fait, le corps de Gregor était complètement plat et sec.

Na verdade, o corpo de Gregor era completamente plano e seco.

C'était plus visible maintenant qu'il était au sol.

Isso ficou mais visível agora que ele estava no chão.

Parce que son corps n'était plus soutenu par ses jambes.

Porque seu corpo já não era sustentado pelas pernas.

Et parce que rien d'autre ne venait distraire la vue.

E porque não havia mais nada que distraísse a vista.

«Viens avec nous un moment, Grete», dit Mme Samsa.

"Entre conosco por um instante, Grete", disse a Sra. Samsa.

Un sourire douloureux se dessinait sur ses lèvres lorsqu'elle parlait.

Havia um sorriso doloroso em seus lábios enquanto ela falava.

Grete les suivit, mais jeta aussi un coup d'œil en arrière au cadavre.

Grete os seguiu, mas também olhou para trás, para o cadáver.

La bonne ferma la porte et ouvrit grand la fenêtre.

A empregada fechou a porta e abriu completamente a janela.

Il était encore tôt, l'air était donc normalement froid.

Ainda era cedo, então o ar normalmente estaria frio.

Mais il y avait aussi un mélange de chaleur dans l'air froid.

Mas também havia uma mistura de calor no ar frio.

Comme un doux rappel que c'était désormais la fin du mois de mars.

Como um lembrete suave de que já era o final de março.

Les trois locataires sortirent alors eux aussi de leur chambre.

Os três inquilinos também saíram do quarto.

Ils cherchèrent leur petit-déjeuner avec étonnement.

Eles olharam em volta, maravilhados, à procura do café da manhã.

Le petit-déjeuner a été oublié à cause de ce que la femme de chambre a trouvé.

O café da manhã foi esquecido por causa do que a empregada encontrou.

« Où est le petit-déjeuner ? » grommela l'homme du milieu.

"Onde está o café da manhã?", resmungou o homem do meio.

La bonne porta son doigt à sa bouche pour demander le silence.

A empregada levou o dedo à boca para pedir silêncio.

Et elle salua les messieurs d'un geste rapide et silencieux.

E ela acenou apressadamente e em silêncio para os cavalheiros.

La servante fit entrer les trois messieurs dans la pièce.

A empregada conduziu os três cavalheiros para dentro do quarto.

Et elle a continué à leur expliquer ce qui s'était passé.

E ela continuou a explicar-lhes o que havia acontecido.

Et les trois messieurs se tinrent autour du corps de Gregor.

E os três cavalheiros ficaram em volta do cadáver de Gregor.

Les mains dans les poches, ils baissèrent les yeux.

Com as mãos nos bolsos, eles olharam para baixo.

La lumière du matin inondait désormais complètement la pièce.

A luz da manhã já havia inundado completamente o quarto.

La porte de la chambre s'ouvrit alors et M. Samsa apparut.

Então a porta do quarto se abriu e o Sr. Samsa apareceu.

D'un côté se trouvait sa femme, et de l'autre sa fille.

De um lado estava sua esposa, e do outro, sua filha.

M. Samsa portait déjà son uniforme.

O Sr. Samsa já estava vestindo seu uniforme.

On pouvait voir qu'ils avaient tous un peu pleuré.

Dava para perceber que todos eles tinham chorado um pouco.

Grete pressa son visage contre le bras de son père.

Grete pressionou o rosto contra o braço do pai.

« Quittez mon appartement immédiatement ! » ordonna M. Samsa.

"Saia do meu apartamento imediatamente!" ordenou o Sr. Samsa.

Et il désigna la porte sans laisser partir les femmes.

E apontou para a porta sem deixar as mulheres passarem.

« Que voulez-vous dire ? » demanda l'intermédiaire, déconcerté.

"O que você quer dizer?", perguntou o intermediário, desconcertado.

Et il fit de son mieux pour sourire gentiment à M. Samsa.

E ele fez o possível para sorrir docemente para o Sr. Samsa.

Les deux autres tenaient leurs mains derrière leur dos.

Os outros dois mantiveram as mãos atrás das costas.

Et ils se frottèrent les mains d'impatience.

E esfregaram as mãos em antecipação.

Ils semblaient s'attendre à une violente dispute.

Parecia que eles esperavam que houvesse uma discussão acalorada.

Mais ils semblaient se réjouir de la dispute à venir.

Mas eles pareciam estar contentes com a discussão que se aproximava.

Ils pensaient que le litige tournerait à leur avantage.

Eles achavam que a disputa seria a seu favor.

« Je maintiens exactement ce que je viens de dire », a répondu M. Samsa.

"Quero dizer exatamente o que acabei de dizer", respondeu o Sr. Samsa.

Il marchait en ligne droite avec ses deux compagnons.

Ele caminhava em linha reta com seus dois companheiros.

Et M. Samsa s'est adressé directement à leur responsable.

E o Sr. Samsa abordou diretamente o líder da equipe.

Le monsieur resta d'abord immobile, le regard fixé au sol.

O cavalheiro ficou parado, olhando para o chão.

Le contenu de sa tête était encore en train de se réorganiser.

O conteúdo de sua cabeça ainda estava se organizando.

« Très bien, nous y allons », dit-il en levant les yeux vers M. Samsa.

"Tudo bem, nós vamos", disse ele, e olhou para o Sr. Samsa.

Une nouvelle humilité semblait l'avoir soudainement envahi.

Uma nova humildade pareceu tê-lo dominado repentinamente.

Et il semblait demander la permission pour cette décision.
E ele parecia estar pedindo permissão para essa decisão.
M. Samsa ouvrit grand les yeux et hocha légèrement la tête.
O Sr. Samsa arregalou os olhos e assentiu levemente com a cabeça.
Les messieurs obéirent immédiatement à son ordre.
Os cavalheiros acataram imediatamente a sua ordem.
Et ils ont effectivement fait de longues enjambées dans le couloir.
E eles realmente deram passos largos pelo corredor.
Ses amis avaient déjà cessé de se frotter les mains.
Seus amigos já haviam parado de esfregar as mãos.
Ils avaient écouté le déroulement de la conversation.
Eles estavam ouvindo atentamente como a conversa se desenrolava.
Et maintenant, ils couraient après lui, comme pris de peur.
E agora corriam atrás dele, como se estivessem com medo.
M. Samsa pourrait encore les isoler de leur chef.
O Sr. Samsa ainda pode isolá-los de seu líder.
Ils ont sorti leurs bâtons du récipient.
Eles retiraram os gravetos do recipiente.
Et ils s'inclinèrent en silence avant de quitter l'appartement.
E fizeram uma reverência silenciosa antes de saírem do apartamento.
M. Samsa et les deux femmes sortirent sur le parvis.
O Sr. Samsa e as duas mulheres saíram do pátio da frente.
Mais en réalité, ils n'avaient aucune raison de se méfier de ces hommes.
Mas, na verdade, elas não tinham motivos para desconfiar dos homens.
Ils s'appuyèrent sur la rambarde pour vérifier s'ils étaient partis.
Eles se apoiaram no corrimão para verificar se eles tinham ido embora.
Les trois messieurs descendaient effectivement les escaliers.
Os três cavalheiros estavam, de fato, descendo as escadas.
Ils disparurent dans un virage de l'escalier.

Em uma determinada curva da escada, eles desapareceram.

Puis l'escalier les ramena à la vue.

E então a escadaria os trouxe de volta à vista.

Ce phénomène d'apparition et de disparition se répétait à chaque étage.

Esse fenômeno de aparecer e desaparecer se repetia em cada andar.

Mais finalement, ils étaient presque arrivés au fond.

Mas, no fim, eles quase chegaram ao fundo.

Plus ils avançaient, moins ils étaient intéressants.

Quanto mais avançavam, mais desinteressantes se tornavam.

Tout le monde est rentré à la maison, comme soulagé.

Todos voltaram para casa, como que aliviados.

Ils décidèrent de profiter de la journée pour se reposer et aller se promener.

Eles decidiram aproveitar o dia para descansar e dar um passeio.

Ils estimaient avoir mérité cette pause dans leur travail.

Eles sentiram que mereciam essa pausa no trabalho.

Non seulement ils méritaient cette pause, mais ils en avaient besoin.

Eles não só mereciam essa pausa, como precisavam dela.

Ils s'assirent à table pour écrire des lettres d'excuses.

Eles se sentaram à mesa para escrever cartas de desculpas.

M. Samsa a adressé une lettre d'excuses à sa direction.

O Sr. Samsa escreveu uma carta de desculpas à sua gerência.

Mme Samsa a écrit sa lettre d'excuses à ses clients.

A Sra. Samsa escreveu uma carta de desculpas aos seus clientes.

Et Grete a écrit sa lettre d'excuses à son directeur.

E Grete escreveu sua carta de desculpas para a diretora.

Pendant qu'ils écrivaient tous, la bonne entra dans la pièce.

Enquanto todos estavam escrevendo, a empregada entrou no quarto.

Son travail du matin était terminé, elle rentrait donc chez elle.

Como seu trabalho da manhã havia terminado, ela estava indo para casa.

Les trois écrivains hochèrent d'abord la tête, sans lever les yeux.

Os três escritores assentiram com a cabeça a princípio, sem levantar o olhar.

Mais la bonne ne semblait pas encore vouloir partir.

Mas a empregada parecia não querer ir embora tão cedo.

Elle attendit un peu, jusqu'à ce que les trois écrivains lèvent les yeux.

Ela esperou um pouco, até que os três escritores levantassem o olhar.

« Eh bien ? » demanda M. Samsa, en colère, comme l'étaient les autres.

"E então?" perguntou o Sr. Samsa, irritado, assim como os outros.

La bonne se tenait sur le seuil, un sourire aux lèvres.

A empregada estava parada na porta com um sorriso no rosto.

Elle donnait l'impression d'avoir de bonnes nouvelles à annoncer.

Ela deu a impressão de ter boas notícias para dar.

Mais elle n'allait pas partager la nouvelle à moins qu'on ne le lui demande.

Mas ela não ia compartilhar a notícia a menos que lhe perguntassem.

La plume d'autruche dressée sur son chapeau oscillait légèrement.

A pena de avestruz ereta em seu chapéu balançava levemente.

Cette plume d'autruche avait toujours agacé M. Samsa.

Aquela pena de avestruz sempre incomodou o Sr. Samsa.

« Alors, que voulez-vous ? » demanda Mme Samsa, d'un ton ferme.

"Então, o que você quer?", perguntou a Sra. Samsa, firmemente.

La bonne avait encore beaucoup de respect pour Mme Samsa.

A empregada ainda tinha muito respeito pela Sra. Samsa.

« Oui », répondit-elle, et elle éclata d'un rire amical.

"Sim", respondeu ela, e deu uma risada amigável.

Un instant, son rire l'empêcha de parler.

Por um instante, o riso a impediu de falar.

« Tu n'as pas à t'inquiéter pour ce qui se passe chez le voisin. »

"Você não precisa se preocupar com aquela coisa ao lado."

« J'ai déjà prévu comment nous allons nous en débarrasser. »

"Já providenciei um jeito de nos livrarmos disso."

Mme Samsa et Grete continuèrent à écrire leurs lettres.

A Sra. Samsa e Grete continuaram escrevendo suas cartas.

Mais M. Samsa remarqua que la bonne n'avait pas encore terminé.

Mas o Sr. Samsa percebeu que a empregada ainda não havia terminado.

Elle voulait maintenant tout décrire plus en détail.

Agora ela queria descrever tudo com mais detalhes.

Mais il tendit la main pour repousser ses avances.

Mas ele estendeu a mão para rejeitar suas investidas.

Elle s'est rendu compte qu'ils n'étaient pas intéressés par ses projets.

Ela percebeu que eles não estavam interessados em seus planos.

Et puis elle se souvint de la grande précipitation dans laquelle elle avait été.

E então ela se lembrou da grande pressa em que estava.

« Ciao alors », dit-elle, insultée par ce manque d'intérêt.

"Tchau então", disse ela, ofendida pela falta de interesse.

Mais avant de partir, elle a claqué la porte très fort.

Mas antes de sair, ela bateu a porta com muita força.

« Elle sera licenciée ce soir », a déclaré M. Samsa.

"Ela será demitida esta noite", disse o Sr. Samsa.

Mais sa femme et sa fille étaient trop occupées pour lui répondre.

Mas sua esposa e filha estavam ocupadas demais para lhe responder.

Parce que la bonne avait troublé leur paix nouvellement acquise.

Porque a empregada doméstica havia perturbado a paz recém-conquistada por eles.

La mère et la fille se levèrent pour aller à la fenêtre.

A mãe e a filha se levantaram para ir até a janela.

Et, enlacés, ils restèrent là.

E permaneceram ali abraçados.

M. Samsa se tourna sur sa chaise pour les regarder.

O Sr. Samsa girou na cadeira para olhá-los.

Et pendant un moment, il les observa en silence, immobiles là.

E por um tempo ele os observou em silêncio, parados ali.

Finalement, il leur cria : « Viendrez-vous à moi ? »

Finalmente, ele gritou para eles: "Vocês virão até mim?"

«Oublions tout ça, d'accord ?»

"Vamos esquecer tudo isso, certo?"

«Viens à moi et accorde-moi un peu d'attention.»

"Venha até mim e me dê um pouco da sua atenção."

Les deux femmes firent ce qu'il leur avait dit et se précipitèrent vers lui.

As duas mulheres fizeram o que ele disse e correram até ele.

Ils lui ont fait une accolade affectueuse et l'ont embrassé.

Eles o abraçaram afetuosamente e o beijaram.

Ils retournèrent rapidement pour terminer la rédaction de leurs lettres.

Eles retornaram rapidamente para terminar de escrever suas cartas.

Puis, tous les trois, ils quittèrent l'appartement ensemble.

Então, os três saíram juntos do apartamento.

Ils n'étaient pas sortis ensemble depuis des mois.

Eles não saíam de casa juntos havia meses.

Et ils prirent le tramway jusqu'à la périphérie de la ville.

E eles pegaram o bonde até os arredores da cidade.

Ils avaient toute la rame du tramway pour eux seuls.

Eles tinham o vagão inteiro do bonde só para eles.

La lumière du soleil inondait la pièce par la fenêtre.

A luz do sol inundava o ambiente vindo de fora, através da janela.

La famille se cala confortablement dans ses sièges.

A família recostou-se confortavelmente em seus assentos.

Et ils ont discuté de leurs perspectives d'avenir.

E discutiram as perspectivas para o futuro deles.

À y regarder de plus près, leurs perspectives n'étaient pas mauvaises.

Após uma análise mais detalhada, as perspectivas deles não eram ruins.

Tous les trois occupaient des emplois qui leur permettraient de gagner davantage.

Os três tinham empregos com potencial para ganhar mais.

Ils ne s'étaient jamais interrogés l'un sur l'autre concernant leur travail.

Eles nunca haviam perguntado um ao outro sobre o trabalho.

Mais maintenant, ils avaient enfin le temps de discuter de ces choses-là.

Mas agora eles finalmente tinham tempo para discutir essas coisas.

Ils avaient également la possibilité de déménager dans un appartement plus petit.

Eles também tiveram a opção de se mudar para um apartamento menor.

Cela aurait le plus grand impact sur leur vie.

Isso teria o maior impacto em suas vidas.

Leur appartement actuel avait été choisi par Gregor.

O apartamento atual deles foi escolhido por Gregor.

Mais maintenant, ils pourraient déménager dans un endroit plus abordable.

Mas agora eles poderiam se mudar para um lugar mais acessível.

Un appartement plus petit, mais dans un endroit plus pratique.

Um apartamento menor, mas num lugar mais prático.

Parler de l'avenir a redonné vie à Grete.

Falar sobre o futuro fez com que Grete se animasse novamente.

Monsieur et Madame Samsa ont également remarqué d'autres changements chez elle.

O Sr. e a Sra. Samsa também notaram outras mudanças nela.

Ses joues étaient devenues pâles à cause de tous ses soucis.

Suas bochechas empalideceram devido a todas as suas preocupações.

Mais à présent, leur fille s'épanouissait et devenait une femme remarquable.

Mas agora a filha deles estava se transformando em uma dama elegante.

C'était vraiment une belle et jolie jeune femme, maintenant.

Ela era realmente uma jovem mulher bem-feita e elegante.

Ses parents se turent et admirèrent leur fille.

Seus pais ficaram em silêncio, admirando a filha.

Ils échangèrent un regard, communiquant inconsciemment.

Eles trocaram olhares, comunicando-se inconscientemente.

« Il sera bientôt temps de lui trouver un homme bien. »

"Em breve chegará a hora de encontrar um bom homem para ela."

Le tramway était arrivé à destination et avait ralenti.

O bonde chegou ao seu destino e diminuiu a velocidade.

Leur fille semblait confirmer leurs nouveaux rêves.

A filha deles pareceu confirmar seus novos sonhos.

Elle fut la première à se lever et à étirer son jeune corps.

Ela foi a primeira a se levantar e esticar seu corpo jovem.